感受经典魅力
领略文字之美

名师推荐

回顾中华上下五千年的文明史，无数真实的历史故事世代相传，带给人们多少心灵的启迪和思索。

历史是现实的一本厚重而精彩的教科书。阅读“留取丹心照汗青”这组故事，你会由衷地钦佩仁人志士的爱国情怀；阅读“运筹决算有神功”这组故事，你会领略古人的超凡智慧；阅读“海内存知己”这组故事，你又会被古人对友情的无限忠贞所感动与折服……这些故事，或使你心存感动、净化心灵，或让你明理励志、得到启迪。

这本书还有一个特点，每个历史故事之后还编有“名师小讲坛”“互动小课堂”“轻松小练习”等栏目。这些阅读提示，能够帮助你更好地理解故事内容，把握历史精髓。

英国哲学家培根说：“读史使人明智。”相信小朋友们在这本精选的历史故事的阅览中，感受到中华历史的光辉灿烂，源远流长；也希望通过这本书的阅读，增长见识，采撷智慧，从历史故事中汲取营养，并成为你把握人生的一把金钥匙。

江洪春

特级教师
中国当代语文教学研究
专业委员会常务理事
山东省小学语文教学研究
专业委员会副理事长

名师推荐的中华历史故事

很早很早发生的事

丛书主编 江洪春
本册主编 万 清
编写人员（按姓氏笔画排序）
万 清 马丽娜 王 军 王 璐
车其文 江洪春 孙文秀 李 娜
李全红 姜小娟 梁莎莎 彭 娜

济南出版社

图书在版编目(CIP)数据

很早很早发生的事 / 万清编著. —济南: 济南出版社, 2015.12

ISBN 978-7-5488-1937-0

Ⅰ.①很… Ⅱ.①万… Ⅲ.①世界文学—文学欣赏—青少年读物 Ⅳ.①I106-49

中国版本图书馆 CIP 数据核字(2015)第292666号

出版人 崔 刚
责任编辑 赵志坚 张倩妹 张丽君
封面设计 刘 畅

出版发行 济南出版社
地 址 济南市二环南路1号
印 刷 山东省东营市新华印刷厂
版 次 2015年12月第1版
印 次 2016年3月第1次印刷
成品尺寸 148毫米×210毫米 32开
印 张 6.625
字 数 102千字
定 价 28.00元

致小朋友

在中华五千年的历史进程中，中华民族创造了无数的辉煌与成就，也留下了无数可歌可泣的真实故事。五千年历史风云变幻，豪杰辈出。五千年历史就像一个巨大的宝库，随时供我们从中汲取智慧和精神力量。

中国是人类四大文明古国之一。我国灿烂的历史文化包含着无穷的智慧和魅力，是我们屹立于世界民族之林的资本，也是我们民族得以凝聚并生生不息的命脉。五千年历史内容庞杂，头绪繁多。为此，我们在参考了大量历史资料的基础上，针对小朋友的理解力，考虑小朋友的认知特点，特意编撰了这本书。

这本书以历史人物的精神品质为线索，主要分为热爱祖国、勤政爱民、秉公守法、勤奋学习、孝敬父母、诚实守信、智慧谋略、友情不渝、谦恭有礼、执着求索十个单元。这些历史故事，内容经典、可读性强。

每单元在前面写有“导语”，旨在帮助小朋友了解这一类历史故事的特点。每一篇故事，根据实际情况选取下面相应的栏目进行编写："故事原文"；"阅读小贴士"，主要解释故事中特定的地点、人物以及历史名词等；"互动小课堂"或"名师小讲坛"，通过这一栏目，从故事内容入手，引导小朋友把握故事的精髓所在，感受历史人物的品格；"轻松小练习"，每篇故事后面编写了2～3个练习题，帮助小朋友把握内容、理解主旨，并通过这样的练习，增强记忆，加深理解，启迪思考；"小名片"或"阅读小链接"，或对故事中的主要人物进行相关资料的补充介绍，或适当进行阅读的拓展。

历史是一面镜子，尊重历史就是尊重自己。对待历史应抱着特别严肃的态度。所以，我们站在还原历史的高度，甄别史实，去伪存真，去粗存精。我们希望，小朋友能在这一个个脍炙人口的故事中轻松地学习历史知识，从历史人物的身上汲取智慧，了解中华五千年的历史脉络，并从中得到启迪。另外，每个故事都配置了精美的插图，以便小朋友更直观地理解故事内容。

希望这本书能够成为明镜，带你一览波澜壮阔的历史画卷，使你领略到历史闪烁出的智慧光芒，获得启迪和教益。

目录

第一单元　留取丹心照汗青

002　卧薪尝胆雪国耻
005　苏武牧羊
009　文天祥宁死不降
013　岳飞精忠报国
016　戚继光驱逐倭寇
020　林则徐虎门销烟

第二单元　先天下之忧而忧

025　大舜耕田
029　大禹治水
032　范仲淹实行新政
037　李世民仁爱治国
040　包拯巧治惠民河

第三单元　要留清白在人间

046　祁黄羊荐才
049　公仪休拒收礼物
052　子罕拒玉
055　晏婴辞赏
059　颜真卿刚强不屈
063　海瑞秉公执法

第四单元　正是男儿读书时

067　凿壁偷光
070　悬梁苦读
073　囊萤映雪
076　闻鸡起舞
079　牛角挂书
082　圆木警枕

第五单元　悠悠寸草心

086　百里负米
089　亲尝汤药
092　缇萦救父
095　杨香救父
097　辞官寻母

第六单元 但见丹诚赤如血

101 曾子杀猪
104 季子挂剑
108 商鞅南门立木
112 范式守信
115 晋文公守信得原卫
118 黄裳还珠

第七单元 运筹帷幄有神功

123 田忌赛马
127 孙膑智斗庞涓
131 孔融巧进李膺府
134 空城计
138 康熙智擒鳌拜

第八单元 海内存知己

143 齐景公欲速不达见深情
146 高山流水遇知音
150 管鲍之交
153 黄霸愿与知己同赴难
156 荀巨伯探友

第九单元　不学礼，无以立

161　曾子避席
163　子路尊师
166　孟母教子以礼
169　孔融让梨
171　三顾茅庐
174　程门立雪

第十单元　吾将上下而求索

178　司马迁发愤写《史记》
182　张衡发明地动仪
187　博学多才祖冲之
191　毕昇发明活字印刷术
194　郑和远航
198　李时珍采药

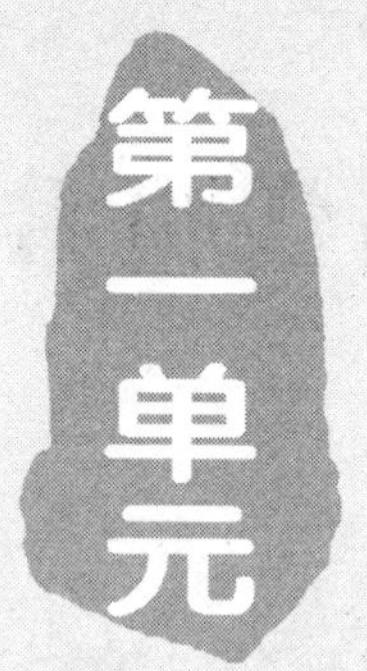

留取丹心照汗青

越王勾践为报仇雪耻，卧薪尝胆；苏武被匈奴长期监禁，受尽折磨仍保持气节；南宋文天祥坚持抗战、宁死不降，留下了“人生自古谁无死，留取丹心照汗青”的千古名句……他们高风亮节，一身浩然正气；他们心怀祖国，赤胆忠心；他们的精神代代相传，已经成为祖国人民共同的精神财富。

从这个单元的历史故事中，我们去认识几位热爱祖国的英雄楷模，并感受一份祖国利益高于一切的真挚情感。

卧薪尝胆雪国耻

越王勾践在一次战斗中败给了吴国。他是如何忍辱负重，经过二十多年的努力洗清了耻辱，转败为胜的呢？请你读读下面的故事。

两千多年前，在长江下游有两个小国，一个是吴国，一个是越国。他们都想征服对方，使自己的国家强大起来。

会（kuài）稽（jī）一战，越国打了败仗。越王勾践万般无奈，只好派人向吴王夫差求和，表示愿意和夫人一起去吴国，给吴王当奴仆。吴国的谋臣们纷纷要求灭掉越国，免除后患。得胜的吴王非常骄傲，不听大家的建议，答应了勾践的请求。

勾践夫妇来到吴国，穿上了粗布衣，住进了石头房，整日蓬头垢面地锄草喂马，在马厩里挑水洗马粪。吴王乘车外出时，有时要勾践给他牵马，勾践就低着头，牵着马在前面步行。他们舂（chōng）米推磨，受尽了屈辱。

回国以后，越王勾践时刻不忘报国仇，洗国耻。他

唯恐眼前的安逸消磨了志气。于是，白天，他亲自下田耕种，还叫他的夫人自己织布，鼓励生产。晚上，他把席子撤去，用柴

草当作褥子，睡在柴草上。他还在屋子里挂了一只苦胆，每顿饭前，总要尝尝它的苦味，提醒自己不要忘记兵败会稽的耻辱。他虚心听从别人的意见，救济贫苦的百姓。全国的老百姓都巴不得多加一把劲，好叫这个受欺压的国家成为强国。

经过二十多年的努力，越国终于转弱为强，出奇兵灭掉了吴国。

小贴士

◆会稽：指会稽山，越王战败的地方。

◆舂米：把谷子放在桶内用棒子砸出壳，是一种非常辛苦的农活。

◆马厩：养马的地方，也就是马棚。

互动小课堂

师：这个历史故事，主要写了哪个人物的故事？

生：主要写的是越王勾践的故事。

师：在他身上发生了什么故事呢？

生：写了他被吴王打败，卧薪尝胆，终于转败为胜的故事。

师：越王勾践在吴国忍受屈辱。回到越国后，他还这样折磨自己，这是为什么呢？

生：为了让自己不忘记兵败会稽的耻辱，有一天能够富国强兵，打败吴国，报国仇，雪国耻。

师：是啊，越王真是一个一心装着国家的君王。

轻松小练习

1. 读了这个小故事，你知道“卧薪尝胆”的意思了吗？快来连连线吧。

“卧薪”　　　　　　　　尝一尝苦胆

“尝胆”　　　　　　　　睡在柴草上

2. 读了这个故事，你看到一个什么样的越王呢？在你认为正确的选项后面画“√”。

(1) 知耻而进，发愤图强　　(　　)

(2) 志得意满，放松警惕　　(　　)

(3) 独断专行，飞扬跋扈　　(　　)

苏武牧羊

面对敌人的高官厚禄，汉朝的使者苏武心中始终记挂着祖国，丝毫不为所动。他受尽苦难，历尽艰辛，终于回到祖国。请你读读这个故事，感受苏武的一片爱国之情。

西汉时期，汉朝和匈奴常常发生战争。有一年，汉武帝派苏武出使匈奴，还亲自把一支旌节交给他。苏武知道这旌节是代表国家的，就恭恭敬敬地接过来。

苏武与随从们来到匈奴，完成了外交任务后准备回国。谁知匈奴王突然翻了脸，硬说苏武参与了匈奴内乱，要他认罪。苏武手握旌节，气愤地说："我是代表国家的，宁死也不能受侮辱！"说着抽刀就要自尽，顿时鲜血直流，幸好被人救下。

匈奴王觉得苏武是个有气节的好汉，很敬佩他，就派早已投降的汉使卫律去劝降。苏武不等卫律说完，怒目圆睁，手举旌节大声喝道："卫律！你是汉人的儿子，汉朝的臣下，而今忘恩负义，背叛了父母，背叛了朝廷，还有什么脸来和我说话！"骂得卫律无言以对，脸色一会儿通红，一会儿刷白，羞愧而去。

为了使苏武屈服，匈奴王又生一计。一天，他召见苏武，指着一群羊冷笑着说："这群羊归你放牧。哪天生出小羊羔，就哪天放你回国。"说完派人把苏武押到千里之外的北海边去牧羊。苏武查点羊群，发现全是公羊。但他心坚如铁，毫不动摇。

北海边野草遍地，没有人烟，唯一和苏武做伴的，就是那支旌节。苏武顽强地忍受着各种折磨。饿了，他就挖野菜、逮野兔充饥；渴了，他就捧一把雪止渴；冷了，他就和羊群依偎在一起取暖。苏武早就把生死置之度外，却始终手持那支旌节，不论白天放羊，晚上睡觉总不离手。他经常仰望着南飞的大雁，屈指计算日子，盼望有一天能举着旌节回到祖国。

过了整整 19 年，经汉朝多次交涉，匈奴王终于答应放苏武回国。苏武出使的时候刚刚 40 岁，这时已是满头白发的老人了。他回到京城时，成千上万的人出来迎接。看到苏武含着热泪坐在车上，怀里紧紧地揣着那支脱光

了毛的旌节，人们没有一个不感动，没有一个不落泪的。

◆匈奴：中国古时候在蒙古高原活动的一个游牧民族，最早统一了大漠南北的全部地区并建立起国家政权匈奴单于国。

◆旌节：“旌”，指旗子；“节”，指竹节。旌节就是古代使者所持的代表国家的旗子或竹节。

阅读小链接

爱国诗句一组。

◆黄沙百战穿金甲，不破楼兰终不还。 ——【唐】王昌龄

◆商女不知亡国恨，隔江犹唱《后庭花》。 ——【唐】杜　牧

◆夜阑卧听风吹雨，铁马冰河入梦来。 ——【宋】陆　游

◆遗民泪尽胡尘里，南望王师又一年。 ——【宋】陆　游

◆苟利国家生死以，岂因祸福避趋之。 ——【清】林则徐

名师小讲坛

读了这个故事，你的眼前是否浮现出了苏武在北海边牧羊的场景呢？茫茫荒漠，野草丛生，人烟绝迹，苏武忍饥挨饿，受尽折磨，然而，他时时刻刻紧握着的是什么呢？对，就是那根代表了祖国，并且与他患难与共的旌节。多少年等待，多少年期盼，整整 19 年过去了，苏武在异乡历尽了千辛万苦，受尽了非人的折磨，经过汉朝的多次交涉，终于满含热泪地回到了祖国。苏武胸怀祖国的精神怎能不震撼我们的心灵呢！

轻松小练习

1. 这个故事中，多次写到了“旌节”，苏武是怎样对待这支“旌节”的呢？根据提示填一填吧。

(1) 汉武帝亲自把旌节交给苏武，苏武知道这旌节是代表国家的，就恭恭敬敬地（　　　　）过来。

(2) 匈奴让苏武认罪时，苏武气愤地手（　　　　）旌节，抽刀就要自尽。

(3) 匈奴王派卫律劝降苏武时，苏武不等卫律说完，怒目圆睁，手（　　　　）旌节大声呵斥他。

(4) 苏武被押至北海牧羊，早就把生死置之度外，却始终手（　　　　）那支旌节，盼望有一天能（　　　　）着旌节回到祖国。

2. 你从这个故事中看到一个什么样的苏武呢？请你用两个词语为苏武“画像”吧。

____________　____________

文天祥宁死不降

“人生自古谁无死？留取丹心照汗青。”这脍炙人口的诗句，是我国南宋伟大的抗元将领文天祥所作。下面的故事正是他那炽热的爱国精神和崇高的民族气节的真实写照。

文天祥本来是个文官，可为了保卫国家，他勇敢地走上了战场。那时候，元朝派出大军，要消灭南宋。文天祥听到消息，拿出自己的家产，招募起3万壮士，组成义军，抗元救国。他说：“国家有难而无人解救，是我最心疼的事。我力量虽然单薄，也要为国尽力呀！”

后来，南宋统治者投降了元军，文天祥仍然坚持抗战。1278年的冬天，元军大举进攻，文天祥在率领部队向海丰撤退的途中，遭到元朝将领的攻击，兵败被俘。

当时负责押送他的是已经投降元朝的南宋将领张弘范。张弘范劝文天祥归顺元朝，文天祥怒斥他说：“无耻之徒！我绝不会像你那样，对元人摇尾乞怜。”张弘范听了，恼羞成怒，他指着文天祥说：“你别不识抬举。我看在曾与你同朝为官的情分上，再问你一遍，你降还是不降？”文天祥昂首挺胸，大义凛然地说：“要杀要剐，你随便吧！”说完，转过身去，任凭张弘范如何威逼利诱，他都一言不发。

从此，文天祥在监狱中度过了3年。他被关的那间土牢，又矮又窄，阴暗潮湿。遇到雨天，屋面漏水，满地是水；一到夏天，地面上发出一阵阵蒸汽，更加闷热。牢房的隔壁，有狱卒的炉灶，有陈年的谷仓，发出阵阵烟火气、霉气，再加上厕所里大粪的气味，死老鼠的臭味，使人极其难受。文天祥被关在这间牢房里，恶劣的环境只能折磨他的身体，却不能摧毁他的意志。他相信，只要有爱国爱民的浩然正气，就能够战胜一切恶劣的环境。

一天，元世祖亲自来劝降。文天祥见了元世祖，不肯下跪，只作了个揖，说：“我是大宋宰相，竭心尽力扶助朝廷。可惜奸臣卖国，叫我英雄无用武之地。我不能恢复国土，反落得被俘受辱。我死了以后，也不甘心。”

元世祖和颜悦色地劝说，只要文天祥肯做元朝的臣子，就仍旧让他当丞相。文天祥慷慨地说："我是宋朝的宰相，哪有服侍两朝的道理？我死了，哪还有脸去见地下的忠臣烈士？"元世祖不甘心，又说："你不愿做丞相，做个枢密使怎么样？"文天祥斩钉截铁地回答说："我只求一死，别的没有什么可说了。"元世祖知道劝降没有希望，叫侍从把文天祥带出去。

第二天，元世祖下令把文天祥处死。

◆海丰：现广东省东南部的一个县，是文天祥落难的地方。

◆元世祖：指忽必烈，他是元朝的创建者。

阅读小链接

南宋末年，文天祥在抵抗元朝军队失败后被俘，在广东零丁洋（今"伶仃洋"）作了这首诗，用以表明忠于宋朝、不愿投降的心志。

过零丁洋

文天祥

辛苦遭逢起一经，干戈寥落四周星。
山河破碎风飘絮，身世浮沉雨打萍。
惶恐滩头说惶恐，零丁洋里叹零丁。
人生自古谁无死？留取丹心照汗青。

互动小课堂

师：文天祥从小受父亲的教育和影响，心里早就埋下了爱国的种子。他是一个被载入史册的爱国将领和著名诗人。

生：这个故事中有好多地方都能感受到文天祥的爱国精神。

师：对。比如，文天祥本来是个文官，可为了保卫国家，他勇敢地走上了战场。像这样能感受到文天祥爱国精神的地方你还能找到吗？

生：他听到国家要被消灭的消息，就拿出自己的家产，招募士兵，抗元救国。

生：后来，南宋统治者投降了元军，可文天祥仍然坚持抗战。

生：元军用各种办法劝他投降，他始终不为所动，心里只有自己的祖国。

师：说得真好。文天祥兵败被俘，坐了3年土牢。元世祖以高官厚禄劝他投降，他无论如何都宁死不屈。这些都让我们感受到他对祖国的热爱。

轻松小练习

1. 人生自古____________？留取丹心____________。

2. “自古以来，人都免不了一死，但死得要有意义。如果能用自己的一颗炽热的红心为国家尽忠尽力，死后仍然可以光照千秋，青史留名。”这是文中一句诗的意思，你知道是哪句吗？

岳飞精忠报国

岳飞是南宋著名的军事家，抗金名将。他精忠报国、光彩照人的故事千百年来广为流传，几乎家喻户晓，人尽皆知。请你阅读下面的故事，感受岳飞的爱国之情。

岳飞小时候家里非常穷，母亲用树枝在沙地上教他写字，还鼓励他好好锻炼身体。岳飞勤奋好学，不但知识渊博，还练就了一身好武艺，成为文武双全的人才。当时，北方的金兵常常攻打中原，所到之处，烧杀抢掠，无恶不作。岳飞是个爱国的热血青年，他决定奔赴战场，杀敌报国。岳飞的母亲也鼓励儿子报效国家，并在他背上刺了“精忠报国”四个大字。孝顺的岳飞不敢忘记母亲的教诲，那四个字成为岳飞终生遵奉的信条。每次作战时，岳飞都会想起“精忠报国”四个大字。他勇猛善战，取得了很多战役的胜利，立下了不少功劳，名声也传遍了大江南北。

岳飞还建立起一支纪律严明、作战英勇的抗金军队——“岳家军”。“岳家军”的士兵都严格遵守纪律，宁肯自己忍受饥饿，也不打扰人民；晚上，如果借住在

民家或商店，他们天一亮就起来，为主人打扫卫生，清洗餐具后才离去。“岳家军”的士气让金军闻风丧胆。金兵统帅长叹道：“撼山易，撼岳家军难！”

在一次岳家军与金军的战役中，当岳家军追到距金兵大本营只有45里，眼看就要大功告成，收复江山时，皇帝赵构怕岳飞打败金兵后，接回原先的皇帝，而自己的皇位就保不住，因此和奸臣秦桧连发十二道金牌，命令岳飞退兵。秦桧还诬告岳飞谋反，将他关入监狱，以“莫须有”的罪名将岳飞毒死。岳飞死时只有39岁。他一生谨记母亲的教诲，即使在死的那一刻，也没有忘记母亲刻在背上的“精忠报国”四个大字。

阅读小链接

满江红

岳　飞

怒发冲冠，凭阑处、潇潇雨歇。抬望眼、仰天长啸，壮怀激烈。三十功名尘与土，八千里路云和月。莫等闲、白了少年头，空悲切。　　靖康耻，犹未雪。臣子恨，何时灭。驾长车踏破、贺兰山缺。壮志饥餐胡虏肉，笑谈渴饮匈奴血。待从头、收拾旧山河，朝天阙。

名师小讲坛

岳飞从小天资聪慧，刻苦学习，苦练武功，少年时就文武双全。国难当头时，他毅然投军。岳飞临行前，他的妈妈在他的后背刺下了“精忠报国”四个字，希望他尽忠报国，为国效力。岳飞有胆有识，有勇有谋，武艺高强。最令人敬仰的还是他那颗拳拳爱国之心。他用兵如神，经过大小无数的战役，杀得金兵四处逃窜，收复了被金兵占领的失地，为宋朝保住了半壁江山。最后他却被奸臣秦桧所害，含冤而死。岳飞在国家危难之际，挺身而出，鞠躬尽瘁。他的事迹为后人传颂，他的英雄气概令人敬仰。

轻松小练习

1. 岳母在岳飞的背上刺的字是：________________。

2. 岳飞壮志难酬，被奸臣________诬告，以“____________”的罪名被毒死，死时只有______岁。

戚继光驱逐倭寇

历史上的爱国将领不胜枚举。面对倭寇的入侵，明朝的戚继光是怎样战胜敌人，驱逐倭寇，保卫国家的呢？

明朝嘉靖年间，日本海盗经常在我国浙江、福建沿海一带烧杀抢掠，无恶不作。老百姓十分痛恨他们，管他们叫倭寇。

当时，有个叫戚继光的将领，看到倭寇横行，百姓受苦，朝廷腐败，非常愤慨。他决心招募农民、矿工，组织军队，抗击倭寇。招兵的布告刚一贴出，就有很多人前来报名。戚继光组建的军队很快就发展到三千多人。这支军队经过戚继光的严格训练，纪律严明，战斗力很强，被称为“戚家军”。

打仗的时候，戚继光总是身先士卒，冲锋在前。士兵们见主将这样勇敢，斗志倍增，奋不顾身，杀得倭寇东逃西窜。有的倭寇一边逃跑，一边抛撒抢来的财宝，想用这个办法阻挡后面戚家军的追杀。可是，戚家军官兵对金银珠宝连看都不看一眼，一心杀敌。就这样，戚

家军军威大振，令倭寇闻风丧胆。

戚继光不但作战英勇，而且很有智谋。有一次，进犯福建的倭寇占据了一个小岛。小岛和海岸之间有一片浅滩。涨潮时，浅滩没入水中，小岛四周一片汪洋；落潮时，水退滩出，又是一片泥泞，人马一踏上去，就会陷进烂泥里。倭寇以为占据了这样险要的地形，绝对安全。戚继光仔细察看了地形后，命令士兵每人准备一捆干草，在一个大雨滂沱的晚上，坐船来到小岛附近。趁着落潮，他们把准备好的干草扔到烂泥里，铺成了一条路，奋勇冲上小岛。不到半天工夫，他们就把倭寇全部歼灭了。

还有一次，正值中秋节，城中主力部队正在外出作战，倭寇趁机进犯。戚继光就让全城百姓用绳子拖着石头满街穿行。倭寇听到城中轰隆轰隆作响，以为是千军万马正在调防，吓得掉头就跑。

戚家军和其他抗倭军队一起，经过多年奋战，终于解除了我国东南沿海的倭患。

◆倭寇：日本在中国古代被称为倭。倭寇就是指来自日本的海盗。

◆戚继光：明代著名抗倭将领、军事家。

阅读小链接

根据江浙一带的地理特征和倭寇的战术，戚继光专门设计了一套针对倭寇的以长枪、火炮为核心的战法。这就是历史上著名的“鸳鸯阵法”。当倭寇进到100步左右时，戚家军用火器来射击对手；当倭寇进到60步时，戚家军用弓箭射击对手；当倭寇再前进到更近时，戚家军采取短兵进行冲杀的办法。

互动小课堂

师：戚继光看到百姓遭受倭寇之苦，就组建军队进行抗击。你认为他是一位什么样的将领呢？

生：他痛恨敌寇，心里装着老百姓，是一位一心为百姓着想的爱国将领。

师：是啊，不仅如此，从故事中，我还能看出戚继光有勇有谋。你能找出他英勇作战的事例吗？

生：打仗的时候，戚继光总是身先士卒，冲锋在前，多么英勇啊！

师：从他根据地形特点，带领军队在雨夜用干草铺路歼灭敌人的事例中，能看出他是一位非常有智谋的军事家。你还能从故事中找到一个这样的例子吗？

生：戚继光让全城百姓用绳子拖着石头满街穿行，敌人还以为是千军万马正在调防呢。这个例子也说明了戚继光的机智谋略。

轻松小练习

1. 照样子，连一连。请你把对应的词语连起来。

戚家军　　　　倭寇

烧杀抢掠　纪律严明　闻风丧胆　奋不顾身　东逃西窜　军威大振

2. 请你选一选，把序号填到横线上。

A. 作战英勇　　　　B. 很有智谋

（1）戚继光打仗的时候身先士卒，冲锋在前，他真是一个________的将领。

（2）当倭寇占据了一个地形险要的小岛时，戚继光带领军队在雨夜用干草铺路，歼灭敌人，他还是个________的将领。

（3）戚继光让全城百姓用绳子拖着石头满街穿行，吓退敌军，看出他是个________的将领。

林则徐虎门销烟

清朝末年，中国蒙受了莫大的耻辱，西方列强侵略中国，他们用鸦片麻痹中国百姓。林则徐受命于危难之中，成为抵抗侵略的爱国英雄。虎门销烟就记录了让中国人扬眉吐气的一幕。

1839 年 6 月 3 日，天刚蒙蒙亮，广州城就沸腾起来了。城门旁张贴着一张大布告，人们纷纷前来围观。有的人大声宣读着：“钦差大臣林则徐，遵皇上御旨，于 6 月 3 日在虎门滩将收缴的洋人鸦片当众销毁，沿海居民和在广州的外国人，可前往观瞻……”老年人边听边点头，笑盈盈地捋着胡须。青年人兴奋地挥着拳头，赞不绝口。顽皮的孩子们在人群里钻来钻去，高兴地叫喊着：“烧洋鬼子的大烟了，快到虎门滩去看呀！”

成群结队的百姓，穿着节日盛装，敲锣打鼓，起劲地舞着狮子和龙灯；孩子们用竹竿挑着一挂挂鞭炮，噼里啪啦，震耳欲聋。浩浩荡荡的人流，向虎门滩涌去。

前往虎门滩的群众，经过英国洋馆。那里，过去英国人趾高气扬，不可一世。今天，洋馆却死一般寂静。几个在窗口向外探望的英国商人，见人海如潮，喊声震天，吓得赶忙把头缩了回去。

虎门离广州城约有一百多里地，人们冒着 6 月的骄阳，经过长途跋涉，前来观看。虎门海滩人山人海，水泄不通。虎门滩高处，挖了两个 15 丈见方的销烟池。池子前面有一个涵洞，直通大海，后面有一个水沟，往里灌水。池子周围搭了几个高台，林则徐、邓廷桢、关天培等文武官员，在高台上监督销烟。

销烟民夫先把池子灌上水，然后把一包包海盐倒入池内，再把烟土切成四瓣扔进水里。等烟土泡透后，再把一担担生石灰倒进池子里。不一会儿，池子像开了锅似的，黑色的鸦片在池子里翻来滚去，一团团白色烟雾从池子里往上蒸腾，弥漫了整个虎门滩。围观的群众欢呼跳跃。在雷鸣般的欢呼声中，通向大海的涵洞被打开了，销毁的鸦片被咆哮的海水卷走了。

许多外国商人看到这惊天动地的场面，都非常震惊，恭恭敬敬地走到林则徐的台前，摘下帽子，躬身弯腰，表示敬畏。林则徐浩然正气地对他们说："现在你们都看到了，天朝严令禁烟。希望你们回去以后，转告各国商人，从此要专做正当生意，千万不要违犯天朝禁令，走私鸦片，自投罗网。"商人们洗耳恭听，连声称是。

两万多箱鸦片，经过 23 天才全部销毁。这一壮举，大长了中国人民的志气，大灭了外国侵略者的威风，向世界显示了中国人民抗击外来侵略的信心和能力。

小贴士

◆鸦片：俗称大烟，是一种初级毒品，吸食后容易上瘾。

◆涵洞：公路或铁路与沟渠相交的地方使水从路下流过的通道，其作用与桥相同。

名师小讲坛

进入 19 世纪以来，西方国家向中国全力倾销鸦片，造成了中国大量的白银外流。人们吸食鸦片，染上了烟瘾，社会深受鸦片的毒害。如果再不严禁鸦片，那么几十年后，中国几乎没有可以派出抵抗敌人的军队，而且没有可以发军饷的白银，国家就被鸦片蛀空了！道光皇帝深知鸦片的危害，他特命林则徐为钦差大臣，前往广州查禁鸦片。林则徐来到广州，立即查禁鸦片。他在外国人面前毫不让步，收缴了敌人两万多箱鸦片，并公开在虎门销毁。听到这样的消息，百姓们都欢呼雀跃，拥护这位主张严禁鸦片、抵抗侵略的爱国英雄。历史上还称林则徐是中国近代“睁眼看世界的第一人”呢。

轻松小练习

请你把下面顺序错乱的句子重新排列一下，把序号写在句子前的括号里吧。

（　　）在雷鸣般的欢呼声中，通向大海的涵洞被打开了，销毁的鸦片被咆哮的海水卷走了。

（　　）销烟民夫先把池子灌上水，然后把一袋袋海盐倒入池内。

（　　）等烟土泡透后，再把一担担生石灰倒进池子里。

（　　）又把每包烟土切成四瓣，扔进水里。

（　　）不一会儿，池子像开了锅似的，黑色的鸦片在池子里翻来滚去，一团白色烟雾从池子里往上蒸腾，弥漫了整个虎门滩。

（　　）围观的群众欢呼雀跃。

第一单元

先天下之忧而忧

在中华五千年灿烂辉煌的历史长河中，以国家为己任者，灿若繁星。他们胸怀博大，高瞻远瞩，心怀祖国。他们不辞辛劳，不怕艰辛，为民鞠躬尽瘁。他们当中，有带领百姓治服洪水的帝王大禹，有为了百姓疾苦推行新政的范仲淹，有不畏权贵、为民请命的包拯……

这一个个故事，展示了他们对事业敬重热爱、忠心耿耿、全心全意、敬业尽责的胸襟。

大舜耕田

舜是我国上古时候的一位帝王。他勤劳爱民，品德高尚。下面就请你来读一个关于舜的故事。

大舜在当农民的时候，勤勤恳恳，礼让为本。他带领弟弟妹妹，放牛羊，打猪菜，拔草，煮饭，刷锅，洗碗，能干的活都干，不能干的活学着干，受到当地群众的称赞。

可是舜的后母不喜欢他，把他赶出家门。有家不能归的舜就到了历山脚下，他在水边搭了个茅棚住下，开始烧荒垦地。开始阶段，舜以野果子充饥，日出而作，日落而息。他在历山脚下开荒，整天从早到晚，抡着石斧，劈荆砍棘，清除杂草，造出一片片良田。他种上谷籽，勤锄勤施肥。谷穗长得分外粗壮。

大舜为人宽宏大度。有一次，两户邻居认为他们的田与大舜的田之间的田界不对。在两户邻居提出田界问题后，大舜主动地说："咱们都是邻居，不需要争执。你们认为田界应当怎么划，就怎么划好了。"这么一说，那两户人家便高兴地把田界石栽在大舜开垦的荒地中间。大舜并不责怪，并按此让了田界，又到别处开荒去了。他这么大度，当地人也不再争田界，互相很谦让。人们都愿意靠近大舜居住，两三年便聚集成一个村落。

当时部落联盟领袖尧年事已高，想要选个继承人。尧分别将自己的两个女儿娥皇、女英嫁给舜，让九名男子侍奉于舜的左右，以观察他的德行；又让舜职掌国家的一些事情，以观察他的能力。尧觉得舜是个可靠的人，便将帝王之位传给了他。

大舜成为帝王后，依然不改他的忍让精神和勤劳本色。从他继承帝位一直到病死苍梧，都在辛勤地工作。他经常到各地视察，了解民情，处理国事。

小贴士

◆舜：中国上古时代的部落联盟首领，被后世尊称为帝。

◆历山：关于历山的具体位置，历史上有很多争议。其中一说在济南的千佛山（古代称"历山"）。

阅读小链接

象耕鸟耘的传说

相传有一天，舜在田间垦荒，疲倦了，就在地头休息。忽然听见了“扑哧，扑哧”的鼻息声。抬头看时，只见一只大象从对面山上一步一步地走向历山，一直走到舜垦荒的地方，用鼻子卷起一块巨大而尖利的石块，开始一下一下用力地刨地。大象力大无穷，一个时辰不到就刨了一大片地。之后，这头大象天天到历山帮舜刨地。久而久之，舜就与象建立了感情，开始训练大象耕地。

舜有了大象帮助，耕地多了。种上庄稼后，地里杂草丛生，他一个人忙不过来。舜正在发愁时，地里出现了一群一群的小鸟，蹦蹦跳跳地帮助舜啄去地里的杂草和害虫。

名师小讲坛

大舜真是一个勤劳的人。在家里，他带领弟弟妹妹，放牛羊，打猪菜，拔草，煮饭，刷锅，洗碗，能干的活都干，不能干的活学着干。被后母赶出家门后，他开垦荒地，从早到晚，造出一片片良田。大舜又是多么得宽宏大度啊！别人与他争地，他毫不争执，让给别人。继承帝位之后，他一直辛勤工作，到各地视察，了解民情，他真是一位勤政爱民的帝王啊！

轻松小练习

1. ________继承了尧的帝位。
2. 大舜被赶出家门后，在____________耕田。
3. 大舜具有____________精神和____________本色。

大禹治水

远古时期，滔滔的洪水淹没了农田，冲倒了房屋，害得老百姓无家可归。有一个人，受命治水，三过家门而不入。这个人就是后来的古代帝王禹。当年的他，是如何治住洪水的呢？下面的这个故事会告诉你答案。

远古时期，天地茫茫，宇宙洪荒，人民饱受海浸水淹之苦。尧帝开始起用禹的父亲鲧（gǔn）治理洪水。鲧治水时，见洪水就筑起堤坝，采用“堙”（yīn）的办法，也就是见水便堵。他率领大家筑坝修堰（yàn），费了9年功夫，也没把大水治服，因而受到流放羽山的处罚。

舜继承帝位后，洪水仍然是天下大患，舜

命鲧的儿子禹继续治水。禹欣然领命，但没有贸然行事，而是首先认真总结前辈治水的教训，寻找治水失败的原因。他率领一批忠实助手，跋山涉水，顶风冒雨，到洪灾严重的地区进行勘察，了解各地山川地貌，摸清洪水流向和走势，制定统一的治水规划，在此基础上才展开大规模的治水工作。他从冀州开始，踏遍九州进行实地考察，决定采用因势疏导洪水的办法。当时的绍兴地区也受到洪水的祸害，被称为荒服之地。大禹治水到了这块荒蛮之地，凿山疏流，将水引入东海，使这片浅海沼泽之地重新成为平原。大禹曾在绍兴娶了妻子。新婚才四天，禹便离家治水去了。他婚后离家 13 年，曾经 3 次路过家门而不进去。

经过 13 年的时间，大禹终于把洪渊填平，河道疏通，使水由地中行，经湖泊河流汇入海洋，有效治服了洪水。

互动小课堂

师：本文讲的是历史上哪位帝王的故事？

生：讲的是禹的故事。

师：大禹治水与他的父亲治水不同，他们各采用了什么不同的办法？结果怎样呢？

生：他的父亲主要采用“堙”的办法，也就是堵。结果用了 9 年时间，依然没能治住洪水。

生：禹总结了他父亲治水的经验，经过全面考察，采用因势疏导的方法。结果经过 13 年的努力，治住了洪水。

师：可以说，禹善于总结前人的经验，并凭借自己的智慧才干取得了成功。

生：禹不仅仅凭借智慧取得了成功，他也付出了艰辛的努力。

师：对呀，从哪里能看出他治水的艰辛呢？

生：他跋山涉水，踏遍九州实地勘察。

生：他结婚四天就离家治水，三过家门而不入。

师：他一心为天下百姓着想，这是一颗爱民之心啊！

轻松小练习

1. ________历尽艰辛，治水 13 年，三过家门而不入。

   A. 鲧　　B. 舜　　C. 禹　　D. 尧

2. 大禹治水采用的主要方法是______。

   A. 筑坝修堰　　B. 加高堤坝　　C. 顺势疏导

范仲淹实行新政

你听过“先天下之忧而忧，后天下之乐而乐。”这句名言吗？它出自宋代著名的军事家、政治家、文学家范仲淹之手。意思是说，在天下人的忧愁之先就忧愁，在天下人的快乐之后才快乐。由此可见范仲淹一心为国家、为百姓着想的赤子之心。读读下面的故事，了解范仲淹的这份真情吧。

范仲淹不但是个军事家，而且是宋代著名的政治家、文学家。他是苏州吴县人。由于范仲淹从小死了父亲，家里贫穷，母亲不得不带着他另嫁到一个姓朱的人家。范仲淹在十分艰苦的环境中成长。他住在一个庙宇里读书，穷得连三餐饭都吃不上，天天只得熬点薄粥充饥，但是他仍旧刻苦自学。有时候，读书到深更半夜，实在困得张不开眼，就用冷水泼在脸上，等倦意消失了，继续攻读。这样苦读了五六年，范仲淹终于成为一个很有学问的人。

后来，范仲淹在宋夏战争中立下了大功，宋仁宗觉得他是个人才。这时候，正赶上宋朝内政腐败，加上在跟辽朝和西夏战争中军费和赔款支出浩大，财政发生恐慌。宋仁宗就派范仲淹到京城担任副宰相。

范仲淹一到京城，宋仁宗马上召见，要他提出治国的方案。范仲淹知道朝廷弊病太多，要一下子都改掉不可能，准备一步一步来。但是，禁不住宋仁宗一再催促，范仲淹提出了十条改革措施，其主要内容是：

一、对官吏一定要定期考核，按他们的政绩好坏提拔或者降职；

二、严格限制大臣子弟靠父亲的关系得官；

三、改革科举制度；

四、慎重选择任用地方长官。

还有几条是提倡农桑，减轻劳役，加强军备，严格法令等。

宋仁宗正在改革的兴头上，看了范仲淹的方案，立刻批准在全国推行这十条改革措施。历史上把这次改革称为“庆历新政”。

范仲淹为了推行新政，先跟韩琦、富弼（bì）等大臣审查分派到各路担任监司的人选。有一次，范仲淹在官署里审查一份监司的名单，发现有贪赃枉法行为的人员，就提起笔来把名字勾去，准备撤换。在他旁边的富弼看了心里不忍，就对范仲淹说：“范公呀，你这笔一勾，可害得一家子哭鼻子呢。”

范仲淹严肃地说：“要不让一家子哭，那就害得百姓都要哭了。”

富弼听了这话，心里顿时亮堂了，佩服范仲淹的见识高明。

范仲淹的新政刚一推行，就像捅了马蜂窝一样。一些皇亲国戚、权贵大臣、贪官污吏纷纷闹了起来，散布谣言，攻击新政。有些原来就对范仲淹不满的大臣，天天在宋仁宗面前说坏话，说范仲淹一些人交结朋党，滥用职权。

宋仁宗看到反对的人多，就动摇起来。范仲淹被逼得在京城待不下去，就自动要求回到陕西防守边境，宋仁宗就把他打发走了。范仲淹一走，宋仁宗就下命令把新政全部废止了。

范仲淹为了改革政治，受了很大打击，但是他并不因为个人的遭遇感到懊恼。隔了一年，他的一位在岳州做官的老朋友滕宗谅，重修了当地的名胜岳阳楼，请范仲淹写篇纪念文章。范仲淹挥笔写下了《岳阳楼记》。在那篇著名的文章里，范仲淹提到，一个有远大政治抱负的人，他的思想感情应该是“先天下之忧而忧，后天下之乐而乐”。这两句名言一直被后来的人传诵，而岳阳楼也由于范仲淹的文章更加出名了。

◆监司：监察官。

◆岳州：治所在今湖南岳阳。

互动小课堂

师： 这个历史故事，主要写了哪个人物？

生： 主要写的是宋代著名军事家、政治家、文学家范仲淹的故事。

师： 主要讲了范仲淹的什么事？

生： 他在京城推行新政，进行改革，帮助宋仁宗治国，这就是历史上的“庆历新政”。

师： 他提出的新政有十条，主要内容有哪些呢？

生： 他提出对官吏一定要定期考核，按他们的政绩好坏提拔或者降职。

生： 他严格限制大臣子弟靠父亲的关系得官。

生： 改革科举制度。

生： 他还提出要慎重选择任用地方长官。

师： 这些措施都有利于整治腐败，节省朝廷开支，使国家逐渐兴盛起来。但是这样做也会触及到许多皇亲国戚、权贵大臣、贪官污吏的利益。面对这些困难，范仲淹退缩让步了吗？

生： 范仲淹心中想着广大的百姓，坚决不任用有贪赃枉法行为的人员当监司。

师： 范仲淹一心想着天下的黎民百姓，他的两句名言一直被传诵至今，表达了他忧国忧民的情感。你知道是哪两句吗？

生：这两句名言是："先天下之忧而忧，后天下之乐而乐。"看出他把国家、民族的利益摆在首位，为祖国的前途、命运担忧，为天底下的人民幸福出汗流血。

轻松小练习

1. 选一选：范仲淹为天下百姓治理国家提出的新政有（可多选）（　　）。

   A. 对官吏要定期考核，按他们的政绩好坏提拔或者降职

   B. 严格限制大臣子弟靠父亲的关系得官

   C. 改革科举制度

   D. 慎重选择任用地方长官

2. 范仲淹流传至今的两句名言是："________________，________________。"这两句名言表现了他忧国忧民，一心为天下百姓的情感。

李世民仁爱治国

中国历史上有许多帝王拥有博大的胸襟、爱民的情怀，他们以一颗理解、宽厚、仁慈之心治理国家，深得百姓爱戴。唐太宗李世民就是其中的一位。

中国历史上的唐太宗李世民以仁爱治国著称。

贞观初年，唐太宗对大臣们说，将妇女幽禁在深宫中是浪费百姓的财力。他先后将三千多名宫女遣送回家，任由其选择丈夫结婚。

贞观二年，关中一带干旱，发生了大饥荒。唐太宗对大臣们说："水旱不调，都是我的罪过啊！我德行不好，上天应该责罚我。百姓有什么罪过，要遭受如此的灾难啊？听说有人卖儿卖女，我很可怜他们。"于是李世民派御史大夫杜淹前去巡查，还拿出皇家库存的钱财赎回那些被卖的儿女，送还给他们的父母。

贞观十九年，唐太宗征伐高丽，驻扎在定州。唐太宗决定亲自去安抚慰劳将士。正巧，有一个士兵生病了，不能进见。见此情况，唐太宗便立刻下令，派人到这位士兵床前，询问他的病情，还让州县找好医生为他治疗。

将士们都愿意随从唐太宗出征。等大军回师，驻扎在柳城时，唐太宗又诏令收集阵亡将士的骸骨，设置牛、羊、猪三牲为他们祭祀。太宗亲自驾临，为死去的士兵哭泣尽哀，军中的将士没有不洒泪哭泣的。观看祭祀的士兵回到家里说起这件事，他们的父母都说："我们的儿子战死，天子为他哭泣，死而无憾了。"

正是因为唐太宗以仁爱治国，所以深得民心，为唐朝的繁荣富强奠定了基础。

◆唐太宗：唐太宗李世民不仅是唐朝最负盛名的皇帝，也是中国历史上最著名的帝王之一。他在位的贞观时期，成为后世所称的一代太平盛世。

◆贞观：是唐太宗李世民的年号，共23年。

◆高丽：又称高丽王朝、王氏高丽。是朝鲜半岛古代王朝之一。

阅读小链接

李世民励精图治，善于使用人才，乐于接受别人的批评意见。经济上，为政谨慎；军事上，多次对外用兵，先后平定多个地方。经23年的努力，社会安定，经济恢复并稳定发展，对外武功显赫，奠定了唐高宗、武则天、唐玄宗年间大唐盛世的基础，史称"贞观之治"。

名师小讲坛

唐太宗李世民是仁爱治国的典范。这个故事讲了他为百姓所做的四件事情：遣送宫女回家；拿出钱财赎回因大饥荒而被卖的儿女；亲自安抚慰劳将士，还找医生给病重的士兵治病；为阵亡的士兵祭祀。这些都是李世民对待百姓的一个个缩影。他始终以一颗仁爱之心治理国家，所以深得民心。国家有这样的管理者，百姓怎能不拥戴他呢？

轻松小练习

1. 这个故事讲的是唐太宗__________以__________治国的事，正因为如此，他深得民心，使唐朝越发繁荣富强。

2. 下面哪一件不是李世民为百姓所做的？（　　）

A. 遣送宫女回家。

B. 亲自为病重的士兵治病。

C. 拿出钱财赎回因大饥荒而被卖的儿女。

D. 为阵亡的士兵祭祀。

包拯巧治惠民河

包拯廉洁公正，不攀附权贵，不畏权贵，为民请命，勤政爱民，是一位深受百姓爱戴的好官。后世把他当作清官的化身，称其为“包青天”。

宋仁宗皇祐年间，一场暴雨冲击着开封城。城里一条小河的河床被冲垮，河水无情地外溢，淹没了两岸的房屋和田地，死伤的人无数。

过了好几天，河水才渐渐退去。可是，两岸的房子没有了，田里的庄稼淹死了。无家可归的人有的看着滔滔的洪水唉声叹气，有的站在岸边低声啜泣……

这时，从开封府内走出一队人马，直奔岸边而来。走在最前面的人身着官服，面色黧黑，一脸大黑胡子，两眼目光深沉，他就是赫赫有名的包拯。他当时是开封府尹。包拯翻身下马，双手搀扶起跪在地上的百姓，对众乡亲说：“我身为开封府尹，让大家受难了，我愧对诸位乡亲。体恤民情、为民做主是本人为官的宗旨，决不能让大家再遭劫难。”

于是，包拯马上组织人抗洪救灾，安顿好受灾的难民。可是，怎样才能从根本上改变这种被动的局面呢？他派人对这条河流进行了考察。

这条小河，原名叫惠民河，河水清澈，还可以通船，曾经给开封人带来很多便利。因为这里是北宋的都城，所以聚集了许多贵族豪强的势力。他们见惠民河边景色宜人，空气清新，就纷纷在河道上建造亭台楼阁，结果河道被阻塞了。每逢下雨涨水，河水排泄不畅，就溢出河岸。这次碰巧连降暴雨，河水冲毁了河床，冲进了开封城，因此百姓们又叫它“害民河”。

包拯领着手下亲自在河边巡视了好几天，又请来了开封城里的水利专家进行勘探，发现不拆掉河道上的建筑，是难以控制河水的，包公便下决心拆掉河道里一切不利于河水排泄的建筑。于是，他贴出了告示。然而，那些达官贵人在百姓头上作威作福惯了，他们哪里会考虑百姓的死活。听说包拯要拆房，就三五成群地走到开封府衙内，吵闹着要把包拯拖到金殿上，让皇上给评理。有的人拿着地契，指着包拯破口大骂，扬言要罢包拯的官。

包拯已经料到他们会有这一手，心里早有准备，他不动声色地说：“疏通河道，防治水患，是利国利民之事，圣上自然会为民做主。真有地契者可以交上来，请圣上明察。”

那些权贵听包拯这样说，面面相觑。有几个人呈上地契，包拯接过来，将其和自己调查好的材料仔细核对，发现这些地契都是伪造的。包拯气愤地对他们说：“你们侵占河道，又欺骗朝廷，该当何罪？”

这些人见事情败露，一个个像泄了气的皮球，不住地乞求包拯宽恕。有的人私下里提着厚礼来到包拯家里，被包拯义正词严地拒绝了。

包拯当机立断，把他们的假地契和侵占民田的罪行上报仁宗皇帝，仁宗马上回旨：“拆掉河上的建筑，疏通河道，有违抗者严惩！”

包拯便发动两岸的百姓一齐动手，几天时间就拆掉了河道上所有的建筑，疏通了河道。然后，包拯又亲自部署下官加固堤岸，在两岸盖了一些简易的房舍，供无家可归的人暂时栖身。

从此，惠民河又恢复了往日的清澈，成为开封城的一条重要水路。洪水中幸存的人逢人便说：“是包大

人——包青天救了我们呀！这才是为民做主的清官呀！”自此以后，“包青天”就成了清官的代名词了。

为官一任不仅要为民做主，更要造福一方，包青天就是这样一个为民请命的好官。

小贴士

◆皇祐：宋仁宗的年号。

◆府尹：宋朝的重要官职名，为北宋都城开封府的最高长官。

互动小课堂

师：宋仁宗皇祐年间，人们遭受了什么灾难？

生：受到暴雨侵袭。因为惠民河排水不畅，百姓的房屋、田地都被淹没，许多人无家可归。

师：为了百姓，谁出面治理了惠民河？

生：是开封府尹包拯。

师：包拯治理惠民河遇到的最大困难是什么？

生：开封曾是北宋的都城，所以聚集了许多贵族势力。他们见惠民河边景色宜人，空气清新，就纷纷在河道上建造亭台楼阁，结果河道被阻塞了。每当下雨时，河水排泄不畅，就溢出河岸，淹没了百姓的房屋和田地。

师：看来包拯的最大困难是对付这些权贵呀。他退缩了吗？

生：包拯毫不退缩。他为民请命，发动两岸百姓一起动手，几天时间就拆掉了河道上的建筑，疏通了河道。

生：包拯还亲自部署下官加固堤岸，在两岸盖了一些简易的房舍，供无家可归的人暂时栖身。

师：你们觉得包拯是一个什么样的官员呢？

生：包拯心里想着百姓，不畏权贵，为民请命，勤政爱民，是一位受百姓爱戴的好官。

轻松小练习

1. 惠民河河道不畅，造成洪水灾害的根本原因是（　　）。

   A. 雨下得太大，流淌不及

   B. 权势贵族在河两岸建造亭台楼阁，造成河道堵塞

   C. 开封河道太少，需要再开挖河道

2. 请你用上几个四字词语，为好官包拯“画像”吧。

______________、______________、______________

要留清白在人间

秉公办事是指人们在办任何事情时都要信守原则，严格按照规定处理，不能存有私心，不能感情用事。《荀子·不苟篇》里说：“公生明，偏生暗。”可见做事出以公心，事情就能做对；办事出于偏心，事情就会办错。海瑞秉公办案，严格执法；祁黄羊外举不避仇，内举不避亲；小官子罕辞绝美玉；一代名相晏婴不要齐王的封赏……

许多历代秉公执法处事的故事，生动感人，令人百读不厌。让我们从这一个个故事中感受他们的一份不畏权贵，甚至将生死置之度外的精神吧。

祁黄羊荐才

国君让即将退休的祁黄羊推荐能胜任他的位置的人。祁黄羊先是举荐了他的仇人，又举荐了他的儿子。读读下面的故事，看看从祁黄羊的身上你能获得什么启示。

春秋时期，几个大国为了争夺霸主的地位，经常出兵征伐别的国家。当时，晋国的军事力量比较强大。晋国国君悼公决定由祁黄羊担任中军尉，负责统领驾驭战车的士兵。

几年后，祁黄羊要告老退休，便请求晋悼公准许他辞职。

悼公说：“中军尉职责重大，你在军中多年，心目中一定有合适的人选。你觉得谁能替代你呢?”

“我看解狐就很不错。”祁黄羊想了想，郑重地说。

悼公深感意外，说：“解狐不是你的仇人吗？你怎么会举荐他呢?”

“主公问我谁可以担此重任，并没有问他是不是我的仇人。”

“好吧，我相信你，就照你的意见办。”

悼公立即派使者去召解狐。没想到解狐大病在身，卧床不起，不久就去世了。悼公只好让祁黄羊再举荐一位能接替他的人。

“看来只有祁午能担当此任了。”祁黄羊想了想，又郑重地说。

悼公十分惊讶：“祁午不是你的儿子吗？你举荐他，难道不怕人家说你偏心眼儿？”

“主公让我推荐能替代我的人，事关国家安危，我不能不慎重。我只是想，朝中的人哪个有军事才能，可以担此重任，我压根儿就没去想他是不是我的仇人或亲人。”

悼公于是决定由祁午继任中军尉。

当时的人都很钦佩祁黄羊，说他外举不避仇，内举不避亲。祁黄羊做事如此出以公心，真是难得呀！

互动小课堂

师：《祁黄羊荐才》这个故事的起因、经过和结果是什么？

生：祁黄羊告老退休是故事的起因。

师：对。春秋时期，大国争霸，战事不断，祁黄羊腿脚有病，不便行走，不适宜继续担任统帅军队的中军尉，这才请求辞职。

生：祁黄羊两次举荐接替他的贤人是故事的经过。

生：中军尉职责重大，晋悼公希望祁黄羊推荐合适的替代人选。祁黄羊先推荐杀父仇人解狐，后来又推荐自己的儿子祁午。

生：结果是祁黄羊举荐受到大家称赞，说他“外举不避仇，内举不避亲”。

师：是啊，祁黄羊荐才不避亲仇，他做事真正出以公心。一个国家，有这样处处出以公心，为国着想的人，怎能不强大呢？

轻松小练习

1. 祁黄羊向悼公举荐解狐，悼公__________；祁黄羊向悼公举荐祁午，悼公__________。

2. 把人们对祁黄羊的评价和他两次举荐说的话连起来。

“看来只有祁午能担当此任了。”　　　　外举不避仇

“我看解狐就很不错。”　　　　内举不避亲

公仪休拒收礼物

公仪休是春秋时期鲁国的宰相。他有个特点，就是爱吃鱼。可是当有人给他送鱼时，他却毫不犹豫地拒绝了，这是为什么呢？你又能从中感受到什么？

春秋时期的鲁国，有一位名叫公仪休的人，他爱吃鱼是出了名的。他几乎每天都要吃鱼，达到了每日无鱼不欢的地步。有一年，公仪休被选拔为鲁国的宰相。

这一天，他的学生子明前来拜见，见到公仪休忙向老师行礼，并问老师吃过饭了吗？公仪休边回味着边说："鲤鱼的味道实在是鲜美呀！我已经几天没吃鱼了，今天买了一条，一顿就吃光了。只要天天有鱼吃，我也就心满意足了。"

这时，门外高喊："有一位管家求见。"只见管家手提两条大鲤鱼，满脸堆笑地走进来，说道："大人，我家主人说，您为国为民日夜操劳，真是太辛苦了！特叫小人送两条活鲤鱼，给大人补补身子。"公仪休见状，说："谢谢你家大人的盛情，可这鱼我不能收。你不知道，现在我一闻到鱼的腥味就要呕吐。请你务必转告你家大

人。”子明不解地望了望公仪休。管家也无可奈何地摇了摇头，只好提着鲤鱼走了。

子明问道：“老师，您不是很喜欢吃鱼的吗？现在有人送鱼来，您却不接受，这是为什么呢？”

公仪休说：“正因为我喜欢吃鱼，所以才不能收人家的鱼。你想，如果我收了人家的鱼，那就要照人家的意思办事，这样就难免要违犯国家的法纪。如果我犯了法，成了罪人，还能吃得上鱼吗？现在想吃鱼就自己去买，不是一直有鱼吃吗？”

子明恍然大悟，忙说：“您说得对，今后我一定照着您的样子去做。”

名师小讲坛

故事讲了两千多年前，鲁国的宰相公仪休拒收一个大夫让管家送来的鲤鱼的故事。当公仪休的学生子明不明白公仪休那么爱吃鱼，却拒绝收下别人送的鱼时，公仪休的一番话意味深长，很值得我们

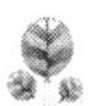

深思。让我们想一想，别人会轻易给国家的宰相送礼物吗？要送礼物必定是有所求，而且必定是解难题。在帮助别人解决难题的过程中就会触犯国家的法律，违反国家的纪律。公仪休拒绝了别人送的鱼，也就拒绝了违犯国家的法律。公仪休真是个清正廉明、坚持原则、秉公守法的人。

轻松小练习

1. “正因为我____________________，所以才____________________。你想，如果我______________，那就要____________________，这样就难免要__________________。如果我犯了法，成了罪人，还能吃得上鱼吗？现在想吃鱼就自己去买，不是一直有鱼吃吗？”

2. 下面不属于公仪休品格的选项是（　　）。

A. 清正廉洁　　B. 秉公守法　　C. 聪明勇敢

子罕拒玉

“玉石”是古时候的宝物。当有人给一个小官子罕送一块宝玉时，子罕却坚决拒绝了。他是怎么想的呢？下面的故事能够告诉你答案。

春秋时期，宋国有个小官叫子罕。他一向品德高尚，为政清廉，深受当地老百姓的爱戴。一天，一个衣着朴素的人登门拜访。那人从怀中掏出一块半青半白的美玉，放在子罕面前说：“大人为官清正，百姓受惠多多。小人在山上采石，发现这块美玉，特意献给大人，以表敬意，请大人收下。”子罕婉言谢道：“我不需要它，你得之不易，还是带回去吧！”说完，把宝玉推到那人面前。献宝人以为子罕看不出玉的价值，又说道：“大人，我让玉石工看过了，玉石工说它是价值千金的宝贝。”子罕却笑着说：“我一向把不贪当作宝贝，你将玉石当作宝贝。假如我收了你给我的玉，我们两人岂不都失去了各自的宝贝？”献玉人见子罕有如此高尚的品德，他深深地施了一个礼，说明了自己献玉的原因。他怕得来不易的玉放在家中引来强盗而遭杀身之祸，因此想献玉给子罕。

子罕明白献玉人的苦衷，便让玉石工打磨玉后变卖了一大笔钱给了献玉人，并给予了献玉人相应的安全保障。献玉人感动得热泪盈眶，连连叩头致谢，拿着钱回家了。

阅读小链接

《子罕拒玉》的故事最早记载在左丘明编著的《左传》中，请你试着读读吧。

子罕拒玉

宋人或得玉，献诸子罕，子罕弗受。献玉者曰："以示玉人，玉人以为宝也，故敢献之。"子罕曰："我以不贪为宝，尔以玉为宝。若以与我，皆丧宝也，不若人有其宝。"稽首而告曰："小人怀璧，不可以越乡。纳此以请死也。"子罕置诸其里，使玉人为之攻之，富而后使复其所。

名师小讲坛

你认为世界上最珍贵的是什么呢？宋国那个献玉的人认为人世间最珍贵的是玉，所以把美玉献给了子罕。而子罕面对献玉人诚意相送的价值千金的宝贝，丝毫不为所动，因为在子罕心里，人世间最珍贵的是清正廉洁的品质。子罕真是洁身自好、不贪钱财的典范！做官的要是都有子罕这样“不贪”的品德，那么社会就更加光明了。

轻松小练习

1. 子罕对献玉人说：“我一向把____________当作宝贝，你将____________当作宝贝。假如________________，我们两人______________________?”

2. 你从子罕身上学到了什么呢？

晏婴辞赏

晏婴是齐国的丞相，却坐着一辆破旧不堪的马车，住着低矮狭小的房子。这是怎么回事呢？

春秋时期，齐国丞相晏婴乘坐的车子很破旧，拉车的马也又老又瘦，走起来很慢。于是，齐景公决定给晏婴配备一辆好马车。

齐景公从国库里拿出一笔钱，买了一套豪华大车和八匹高头大马，派大臣梁丘给晏婴送去。不一会儿，梁丘就回来了。梁丘向齐景公汇报说："晏丞相不肯接受主公的赏赐。"齐景公说："你再给晏丞相送去，就说我说的，让他一定收下。"不一会儿，晏婴又把马车退了回来。齐景公第三次给晏婴送车马，晏婴依然退回来了，搞得齐景公很没有面子。

晏婴不仅坐的马车破旧，而且住的房子也低矮狭小。齐景公要给晏婴重修丞相府。可是，晏婴每次都把齐景公拨给他建房子的钱用于救济贫苦百姓。不过，这丝毫没有动摇齐景公要为晏婴重修丞相府的决心。

一次，晏婴到国外访问。齐景公决定在晏婴出国访问的时间里，认真把丞相府扩建一下。几个月后，晏婴访问回来了。他看到原来的丞相府不见了，取而代之的是一座高大宽敞的新丞相府。于是，晏婴自己出钱，又把丞相府恢复到了原来大小。

齐景公对此大发脾气。晏婴说："主公是齐国的国君，我是齐国的丞相。如果齐国是一件衣服，你我就是这件衣服的衣领和衣袖。如果你和我在上面住豪宅，坐豪车，那么，上行下效，全国奢侈成风，国家是会灭亡的！"

齐景公听了，惭愧地说："我只知道丞相劳苦功高，想让你生活得舒适一点。没有想到，丞相的心中装的是整个齐国。我真是愧当这个领袖呀！"自此，齐景公自己也开始节俭起来。这样，齐国人上下一心，齐国逐渐强大起来。

小名片

晏婴，又称晏子，春秋时期著名的政治家、思想家、外交家。

晏婴辅政长达40余年。晏婴聪颖机智，能言善辩，而且作风朴素。

孔子曾称赞他说："救民百姓而不夸，行补三君而不有，晏子果君子也！"意思是说："扶助拯救百姓却不自夸，言行裨补三位君主（齐灵公，齐庄公，齐景公）的过失却不居功自傲。晏子果真是君子啊！"

互动小课堂

师：这篇文章讲了历史上哪位丞相的故事？

生：讲的是齐国的丞相晏婴拒绝国君齐景公封赏的故事。

师：想一想，晏婴作为齐国的丞相，理应享受什么样的待遇呢？

生：晏婴在当时处于一人之下、万人之上的地位，应该享受荣华富贵，坐上等的马车，住豪华的房子。

师：可实际上，晏婴的生活情况如何呢？

生：实际上，晏婴的马车破旧不堪，马也又老又瘦，住的房子更是低矮狭小。齐景公送给他豪华车马，给他修房屋，他却拒绝了。

师：齐景公也是为他好，他为什么都拒绝了呢？你能找出晏婴自己是怎么说的吗？

生：晏婴说："主公是齐国的国君，我是齐国的丞相。如果齐国是一件衣服，你我就是这件衣服的衣领和衣袖。如果你和我在上面住豪宅，坐豪车，那么，上行下效，全国奢侈成风，国家是会灭亡的！”

师：你觉得晏婴是一位什么样的丞相啊？

生：晏婴作风朴素，做事以身作则，按原则办事，不搞特殊。

轻松小练习

晏婴说：“主公是齐国的____________，我是齐国的__________。如果齐国是____________，你我就是这件衣服的______________和___________________。如果你和我在上面住豪宅，坐豪车，那么，__________，全国__________，国家是会______________________！”

颜真卿刚强不屈

颜真卿的书法作品闻名天下。他写的字雄浑刚健，挺拔有力。他的为人更是刚正不阿，一身清白。读读下面的故事，了解颜真卿一生清白的品行吧。

经过安史之乱，唐王朝从强盛转向衰落。各地节度使乘机割据地盘，扩大兵力，造成了藩镇割据的局面。唐代宗死后，他的儿子李适（kuò）即位，就是唐德宗。唐德宗想改变藩镇专权的局面，结果引起了藩镇叛乱。唐德宗派兵讨伐，结果叛乱不但没有被平定，反而蔓延开来了。有五个藩镇叛乱，其中淮西节度使李希烈兵势最强。他自称天下都元帅，向唐朝军队进攻。

五镇叛乱，使朝廷大为震惊。唐德宗找宰相卢杞商量，卢杞说："不要紧。只要派一位德高望重的大臣去劝导他们，用不着动一刀一枪，就能把叛乱平息下来。"

唐德宗问卢杞说："你看派谁去合适？"

卢杞推荐年老的太子太师颜真卿，唐德宗马上同意。

颜真卿是当时一位很有威望的老臣。安史之乱前，他担任平原太守。安禄山发动叛乱后，河北各郡大都被

叛军占领，只有平原城因为颜真卿坚决抵抗，没有陷落。颜真卿为人正直，常常被奸人诬陷排挤，只是因为他的威望高，一些奸人不得不表面上尊重他。宰相卢杞是个心狠手辣的人。他忌恨颜真卿，平时没法下手。这一次，他趁藩镇叛乱的机会，派颜真卿去做劝导工作，是成心陷害他。

这时候，颜真卿已经是七十开外的老人了。许多文武官员听说朝廷派他到叛镇那里去，都为他的安全担心。但是，颜真卿却不在乎，带了几个随从就到淮西去了。

李希烈听到颜真卿来了，想给他一个下马威。在见面的时候，叫他的部下和养子一千多人都聚集在厅堂内外。颜真卿刚刚开始劝说李希烈停止叛乱，那些部下、养子就冲了上来，个个手里拿着明晃晃的尖刀，围住颜真卿又是谩骂，又是威胁，摆出要杀他的架势。颜真卿毫不畏惧，面不改色，朝着他们冷笑。李希烈假惺惺地站起来护住颜真卿，命令他的部下、养子退出。接着，李希烈把颜真卿送到驿馆里，企图慢慢软化他。

过了几天，四个叛镇的头目都派使者来跟李希烈联络，劝李希烈即位称帝。李希烈大摆筵席招待他们，也

请颜真卿参加。

叛镇派来的使者见到颜真卿来了，都向李希烈祝贺说："早就听到颜太师德高望重，现在元帅将要即位称帝，正好太师来到这里，不是有了现成的宰相吗？"

颜真卿扬起眉毛，朝着四个使者骂道："什么宰相不宰相！我年纪快八十了，要杀要剐都不怕，难道会受你们的诱惑，怕你们的威胁吗？"

四名使者被颜真卿凛然的神色吓住了，缩着脖子说不出话来。李希烈拿颜真卿没办法，只好把他关起来，派士兵监视着。士兵们在院子里掘了一个一丈见方的土坑，扬言要把颜真卿活埋在坑里。第二天，李希烈来看颜真卿，颜真卿对李希烈说："我的死活已经定了，何必玩弄这些花招。你把我一刀砍了，岂不痛快！"

过了一年，李希烈自称楚帝，又派部下逼颜真卿投降。士兵们在关禁颜真卿的院子里，堆起柴火，浇足了油，威胁颜真卿说："再不投降，就把你放在火里烧！"

颜真卿二话没说，就纵身往柴火跳去，叛将们连忙把他拦住，向李希烈汇报。

李希烈想尽办法，也没能使颜真卿屈服，就派人逼迫颜真卿自杀了。

小贴士

◆节度使：中国古代军事将领，后来成为地方官。唐代驻守于各道的武将称为都督，都督带使持节的称为节度使。

◆藩镇割据：藩是保卫，镇指军镇。唐朝设置军镇，本来是为了保卫国家安全，但发展的结果往往形成对抗中央的割据势力。

名师小讲坛

颜真卿的名字被后人传颂，更多的是因为他的书法。他是我国历史上著名的书法家。他写的字雄浑刚健，挺拔有力，表现了他的刚强性格。后来，人们把他的字体称为“颜体”。在刚刚读到的这个故事里，我们从更多的角度了解了颜真卿。年过七十岁的他面对藩镇割据势力毫不退缩，更不屈服，最终自杀身亡。他用一死证明了自己的刚正不阿，一身清白。这正是：“粉骨碎身浑不怕，要留清白在人间。”

轻松小练习

1. 许多文武官员听说朝廷派颜真卿到叛镇那里去，为什么都为他担心？

2. 叛镇头目李希烈要即位称帝，让颜真卿做宰相，颜真卿是怎么做，怎么说的？

海瑞秉公执法

海瑞是历史上有名的清官。他秉公执法，一心为民。总督大人的儿子犯了法，也逃不过海瑞的眼睛。读读下面的故事，让我们看看海瑞是如何惩治恶霸的。

海瑞出生于一个书香世家。海瑞年龄很小的时候，他的父亲便去世了，海瑞靠母亲抚养长大成人。海瑞家里生活十分贫苦。二十多岁时，他中了举人，在县里做教育工作，算是地方干部学校的校长。因为工作成绩不错，升为浙江淳安知县。在淳安，海瑞认真审理积案，哪怕再难的疑案也都查得水落石出，从不冤枉好人，所以百姓称他为“青天”。明朝万历年间，晚年的海瑞当上吏部正二品大官，仍然认真做事。

海瑞痛恨倚（yǐ）官仗势的人。有一次，浙江总督胡宗宪的儿子带着一伙随从经过，住在县里官驿（yì）中。海瑞立下规矩，不管你官大官小，还是平民百姓，必须一律平等接待。官驿对胡宗宪之子当然也不能例外。可是，这位胡大公子仗着老子的势力，硬说驿吏有意慢待了他。胡公子蛮不讲理，掀翻桌子，并喝令随从将驿吏捆绑起来，吊在屋梁上毒打。

海瑞闻讯，得知这横行霸道的胡公子竟然是他顶头上司的儿子，感到处理他实在棘（jí）手。海瑞左思右想，灵机一动想出了对付的办法。

海瑞立即差衙（yá）役赶到驿馆，将胡公子一伙人统统绑了起来。海瑞厉声地说："总督大人清正廉明，哪里会有这样的儿子？大胆刁民，竟敢冒充胡公子来本县招摇撞骗，胡作非为，必须严加惩办！"

当总督胡宗宪得知消息后，海瑞已将胡公子一伙带回县衙问罪了。胡宗宪想救儿子，但为时已晚，又担心不孝子孙的丑事张扬出去，有碍自己的名声，只好认了。

很多官员赞扬海瑞恨权贵、抑豪强的高尚品格，有人写了一副对联相赠："干国家事，读圣贤书。"

海瑞的行为，在百姓中有口皆碑。海瑞"心底无私天地宽"，正是因为他"干国家事"。

◆总督：某地最高的行政、经济及军事长官。

◆官驿：古时候官府开设的供官员来往及运输等中途暂时休息、住宿的地方。

海瑞为政清廉，洁身自爱。他为人正直刚毅，职位低下时就敢于蔑视权贵，从不奉承献媚。他一生忠心耿耿，直言敢谏。曾经买好棺材，告别妻子，冒死上疏。海瑞一生清贫，抑制豪强，安抚穷困百姓，打击奸臣污吏，因而深得民众爱戴。他的生平事迹在民间广泛流传，经演义加工后，成为许多戏曲节目的重要内容。

名师小讲坛

这个故事给你留下印象最深的是什么呢？一定是海瑞严格惩办总督大人的儿子，为驿吏讨回公道的事吧。是啊，海瑞一生为政清廉、正直刚毅。面对着自己的顶头上司，他也不畏强权，蔑视权贵。他一心秉公办案，要为无辜的驿吏讨回公道。他想出计策，抓了胡公子，严加惩办，从而惩治了恶霸，抑制了豪强，打消了权贵的嚣张气焰。海瑞是一个深得民众爱戴的清官。

轻松小练习

1. 故事讲的是__________严格惩办______________的事情。

2. 很多官员赞扬海瑞恨权贵、抑豪强的高尚品格，有人写了一副对联相赠：“____________________，读圣贤书。”

第四单元

正是男儿读书时

“书山有路勤为径，学海无涯苦作舟。”中华民族自强不息的精神，在勤奋读书方面表现得格外突出。在中国古代历史上，有许多著名人物，就是因为勤劳不息而终成大器。不论是善于治国的政治家，还是胸怀韬略的军事家，他们之所以取得成功，都是与他们从小立下远大抱负，刻苦勤奋分不开的。

让我们读读古时候几位少年勤奋读书的故事，在故事中感受一份执着求索、锲而不舍的精神，获得一份自强不息、刻苦勤奋的力量。

凿壁偷光

家境贫寒，没钱上学，也买不起灯油，农民的孩子匡衡是怎样读书的呢？读读下面的故事，看看对你有什么启示。

西汉的时候，有个农民的孩子叫匡衡。他小时候很想读书，可是因为家里穷，没钱上学。后来，他跟一个亲戚学习认字，才有了看书的能力。

匡衡买不起书，只好借书来读。那个时候，书是非常贵重的，有书的人不肯轻易借给别人。匡衡就在农忙的时节，给有钱的人家打短工，不要工钱，只求人家借书给他看。

过了几年，匡衡长大了，成了家里的主要劳动力。他一天到晚在地里干活，只有中午休息的时候，才有工夫看一点书，所以一卷书常常要十天半月才能够读完。匡衡很着急，心里想：白天种庄稼，没有时间看书，我可以多利用一些晚上的时间来看书。可是匡衡家里很穷，买不起点灯的油，怎么办呢？

有一天晚上，匡衡躺在床上背白天读过的书。背着

背着，他突然看到东边的墙壁上透过来一丝微弱的光线。他马上站起来，走到墙壁边一看，原来从壁缝里透过来的是邻居家的灯光。于是，匡衡想了一个办法：他拿了一把小刀，把墙缝挖大了一些。这样，透过来的光亮也大了，他就凑着透进来的灯光，读起书来。

匡衡就是这样刻苦地学习，后来成了一个很有学问的人，并被汉元帝拜为丞相。

小贴士

◆匡衡：西汉著名经学大师，后来成为丞相，辅佐皇帝，总理全国政务。

◆丞相：是古代中国辅佐皇帝，主宰和执掌国家大权的人。

互动小课堂

师：题目“凿壁偷光”是什么意思呢？

生：就是偷偷地把墙壁凿一个洞，借着从洞里透过来的灯光读

书学习。

师：故事中凿壁偷光的人是谁？

生：是西汉的小匡衡。

师：小时候的匡衡真是个学习刻苦的孩子啊！

生：为了读书，他宁可给有钱的人家打短工，不要工钱，只求人家借书给他看。

生：为了读书，他想出凿壁偷光的办法。

师：为了读书，他毫不在乎条件有多么艰苦。我们现在的生活条件越来越好了，更要刻苦用心地读书学习啊！

轻松小练习

请在你认为正确的答案后面画上“√”。

1. “原来从壁缝里透过来的是邻居家的灯光。”你觉得这时匡衡的心情是怎样的呢？

   A. 难过 （　　）

   B. 惊喜 （　　）

   C. 着急 （　　）

2. “凿壁偷光”这个成语，现在用来形容什么样的品质呢？

   A. 热爱祖国 （　　）

   B. 勤奋学习 （　　）

   C. 英勇顽强 （　　）

悬梁苦读

学习累了，就会打瞌睡。为了能有更多时间读书，孙敬想出了一个办法。读读下面的故事，看看他是怎样刻苦读书的。

东汉时候，有个人名叫孙敬。他年轻时勤奋好学，经常关起门，独自一人不停地读书。每天从早到晚读书，常常是废寝忘食。读书时间长了，劳累了，他也不休息。时间久了，他经常疲倦得直打瞌睡。一天晚上，他对着油灯看书，看着看着，就觉得所有的字一片模糊，接着头也开始发沉，不知不觉睡着了。不知道过了多长时间，等他睁开眼睛时，天已经大亮了。他一点儿东西也没有学到。他非常后悔，下决心要改变这种情况。第二天晚上，他读书时一感觉很困，就用凉水洗脸，让自己清醒

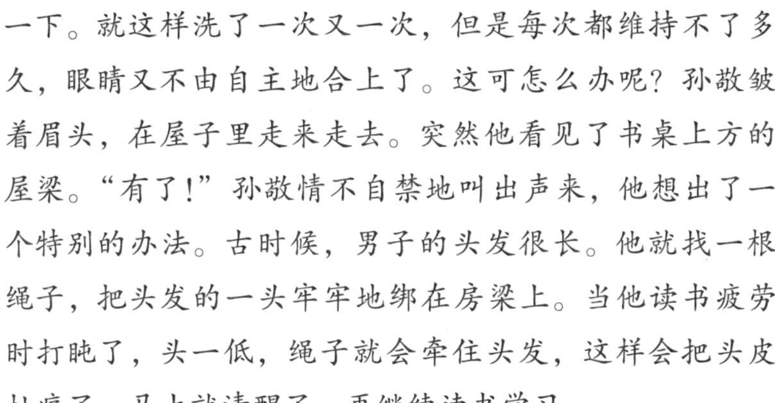

一下。就这样洗了一次又一次，但是每次都维持不了多久，眼睛又不由自主地合上了。这可怎么办呢？孙敬皱着眉头，在屋子里走来走去。突然他看见了书桌上方的屋梁。“有了！”孙敬情不自禁地叫出声来，他想出了一个特别的办法。古时候，男子的头发很长。他就找一根绳子，把头发的一头牢牢地绑在房梁上。当他读书疲劳时打盹了，头一低，绳子就会牵住头发，这样会把头皮扯痛了，马上就清醒了，再继续读书学习。

孙敬就是用这种办法，每天坚持读书到深夜。经过长时间的刻苦学习，孙敬最终成为了一个大学问家、政治家。

小贴士

◆房梁：即横梁。是中国传统建筑的骨架之一，顺着前后方向架在柱子上的长木。

阅读小链接

战国时期，有一个人名叫苏秦，是著名的政治家。他年轻时，到好多地方做事，都不受重视。回家后，家人对他也很冷淡，瞧不起他。这对他的刺激很大。于是，他下定决心，发愤读书。他常常读书到深夜，很疲倦，常打盹，直想睡觉。他想出了一个方法，准备一把锥子，一打瞌睡，就用锥子往自己的大腿上刺一下。这样，猛然间感到疼痛，使自己清醒起来，再坚持读书。这就是苏秦“刺股”的故事。

从孙敬和苏秦两个人读书的故事引申出“悬梁刺股”这个成语，用来比喻发愤读书、刻苦学习的精神。虽然他们这种发愤学习的方法不必效仿，但他们这种努力学习的精神是令人佩服的，值得我们学习与深思啊！

名师小讲坛

孙敬从小家里就很穷，他上不起学，就只能自学成才。白天他练字，可是买不起纸和笔，但这可难不倒刻苦学习的孙敬。他就用树枝当笔，大地当纸。晚上在微弱的小油灯下苦读。他实在是没有学习条件。一心要读书成才的孙敬想到了办法：用一根绳子，一头系在梁上，另一头扎住头发，把绳子拉紧，一低头打瞌睡，绳子便拉紧一下，头皮像针扎一样疼痛无比。就是这样，孙敬努力学习，最终成为了汉朝的大学问家。他刻苦勤奋、发愤图强的精神值得我们学习！

轻松小练习

1. 《悬梁苦读》这个故事说的是__________时候的著名政治家__________的故事。

2. 下面的事情，哪个是孙敬的做法？（　　）

A. 在墙壁上凿孔，借邻居家的灯光学习。

B. 把头发系在梁上，防止学习时打瞌睡。

C. 把萤火虫积攒起来，借助萤火虫的光亮读书。

囊萤映雪

匡衡借助邻居家的灯光学习。同样是穷苦人家的孩子，买不起灯油，晋代的车胤和孙康又是怎样刻苦读书的呢？读读短文，了解他们的故事吧。

晋代时，车胤（yìn）从小就好学不倦。但因家境贫困，父亲无法为他提供良好的学习环境。为了维持温饱，没有多余的钱买灯油供他晚上读书。为此，车胤只能利用白天时间背诵诗文。

夏天的一个晚上，他正在院子里背一篇文章，忽然见许多萤火虫在低空中飞舞。一闪一闪的光点，在黑暗中显得有些耀眼。他想，如果把许多萤火虫集中在一起，不就成为一盏灯了吗？于是，他去找了一只白绢口袋，随即抓了几十只萤火虫放在里面，再扎住袋口，把它吊起来。虽然不怎么明亮，但可以勉强用来看书了。从此，只要有萤火虫，他就去抓一把来当作灯用。经过勤学苦练，车胤成为知识渊博的人，做了职位很高的官。

同朝代的孙康情况也是如此。由于没钱买灯油，晚上不能看书，只能早早睡觉。他觉得让时间这样白白跑掉，非常可惜。

一天半夜，他从睡梦中醒来，把头侧向窗户时，发现窗缝里透进一丝光亮。原来，那是大雪映出来的，可以利用它来看书。于是他倦意顿失，立即穿好衣服，取出书籍，来到屋外。宽阔的大地上映出的雪光，比屋里亮多了。孙康不顾寒冷，立即看起书来。手脚冻僵了，就起身跑一跑，同时搓搓手指。此后，每逢有雪的晚上，他就不放过这个好机会，孜孜不倦地读书。这种苦学的精神，使他的学识突飞猛进。后来，他成为饱学之士，当了一个大官。

互动小课堂

师：短文讲了晋代哪两个人物的故事？

生：讲的是车胤和孙康的故事。

师：读了这则故事，你觉得车胤和孙康有什么样的品质？

生：他们学习非常刻苦努力。

师：是啊，从哪里能看出来呢？

生：车胤家里穷，没钱买灯油供他晚上读书，他就把萤火虫集

中到一起，借助萤火虫的光亮读书，真是好学啊！

生：孙康也非常刻苦。为了晚上学习，他不顾寒冷，利用大雪反射的光线读书，那么勤奋。

师：《三字经》有这样的句子："如囊萤，如映雪。家虽贫，学不辍。"讲的就是这个意思。

轻松小练习

1. "囊萤映雪"这个故事中写到了晋代的两个人物，他们是__________和__________。

2. 请你把故事中的主人公和关键词以及它们的意思连线。

车胤	"映雪"	借萤火虫的光线读书
孙康	"囊萤"	借大雪映出的光学习

3. 你能试着用上几个四字词语来表现他们勤奋学习的品质吗？

如：勤学苦练、手不释卷……

闻鸡起舞

拥有远大的理想和抱负是成才的第一步。祖逖和好友刘琨不仅立下志向，还付出了行动。他们是怎样刻苦练习，取得成功的呢？快读读《闻鸡起舞》的故事吧。

晋代的祖逖（tì）是个胸怀坦荡、具有远大抱负的人。可他小时候却是个不爱读书的淘气孩子，兄长非常为他担忧。进入青年时期，祖逖意识到自己知识的贫乏，深感不读书无以报效国家，于是就发愤读起书来。他广泛阅读书籍，认真学习历史，从中汲取了丰富的知识，学问大有长进。他曾几次进出京都洛阳，接触过他的人都说，祖逖是个能辅佐帝王治理国家的人才。祖逖24岁的时候，曾有人推荐他去做官，他没有答应，仍然不懈地努力读书。

后来，祖逖和幼时的好友刘琨一起担任司州主簿(bù)。他与刘琨感情深厚，不仅常常同床而卧，同被而眠，而且还有着共同的远大理想：建功立业，复兴晋国，成为国家的栋梁之材。

有一次，半夜里，祖逖在睡梦中听到公鸡的鸣叫声，他一脚把刘琨踢醒，对他说：“别人都认为半夜听见鸡叫不吉利，我偏不这样想。咱们干脆以后听见鸡叫就起床练剑如何？”刘琨欣然同意。于是他们每天鸡叫后就起床练剑，剑光飞舞，剑声铿（kēng）锵（qiāng）。冬去春来，寒来暑往，他们从不间断。功夫不负有心人，经过长期的刻苦学习和训练，他们终于成为能文能武的全才，既能写得一手好文章，又能带兵打胜仗。祖逖被封为镇西将军，实现了他报效国家的愿望；刘琨做了都督，兼管并、冀、幽三州的军事，也充分发挥了他的文才武略。

小贴士

◆司州：古代地域名称。今陕西中部，山西西南部及河南西部地区。

◆主簿：古代官职名称。主要掌管文书簿籍之类。如起草一些文件，管理档案及各种印章等。

名师小讲坛

读了《闻鸡起舞》的故事，你的眼前是否浮现出了祖逖和刘琨天不亮就起床练武的情景呢？他们每天一听到鸡叫便起床练剑，年复一年，日复一日，历尽寒暑。严寒的冬季，半夜鸡鸣时分，正是最为寒冷的时刻，他们两人不畏严寒，在冷风中挥舞宝剑，刻苦练习。炎热的夏天，他们冒着酷暑，汗水湿透了衣衫，也挡不住他们练武的决心。他们克服了种种困难，最终练成大器，报效祖国。他们不好高骛远，而是脚踏实地地刻苦学习和训练，这是多么可贵啊！

轻松小练习

1. 故事的主人公是__________和__________。

   A. 车胤　B. 祖逖　C. 孙康　D. 孙敬　E. 刘琨

2. 你怎么理解“闻鸡起舞”的意思？在最恰当的答案后面画“√”。

   A. 听到鸡叫就起来跳舞。形容某人很喜欢跳舞。（　　）

   B. 听到鸡叫就起来舞剑。比喻努力追求自己的志趣爱好。（　　）

   C. 听到鸡叫就起来舞剑。比喻有志报国的人及时奋起，努力成为国家的栋梁。（　　）

牛角挂书

隋朝的李密是个爱学习的少年。因为要去外地求学，为了不浪费路上的时间，李密想出了一个边赶路边读书的办法。是什么办法呢？读了下面的故事你就知道了。

隋朝有个少年叫李密，他出身贵族，所以被派在隋炀帝的宫廷里当侍卫。他生性灵活，在值班的时候，左顾右盼，被隋炀帝发现了，认为这孩子不大老实，就免了他的差使。李密并不懊丧，回家以后，发愤读书，决定做个有学问的人。

有一回，李密打听到有一位名士包恺，就前去向他求学。李密骑上一头牛出发了，牛背上铺着用蒲草编的垫子。他把《汉书》挂在牛角上，一边赶路一边读《汉书》中的《项羽传》。正好宰相杨素坐着马车在后面赶上来，看到前面有个少年在牛背上读书，暗暗奇怪。

杨素在车上招呼说："哪个书生，这么用功啊？"

李密回过头来一看，认得是宰相，慌忙跳下牛背，向杨素作了一个揖，报了自己的名字。

杨素问他："你在看什么？"

李密回答说："我在读项羽的传记。"

杨素跟李密亲切地谈了一阵，觉得这个少年很有抱负。回家以后，杨素跟他儿子杨玄感说："我看李密这孩子的学识、才能，比你们几个兄弟强得多。将来你们有什么紧要的事，可以找他商量。"

果然，李密后来成为隋末农民起义队伍瓦岗军的首领。

◆隋炀帝：杨广，是隋朝的第二个皇帝。

◆杨素：隋朝的权臣、诗人，杰出的军事家。

◆隋末农民起义：隋朝末年，隋炀帝统治腐败，民不聊生，给人民带来巨大灾祸，农民纷纷起义反抗。

互动小课堂

师：短文讲的是哪位少年读书学习的故事？

生：讲了隋朝的李密"牛角挂书"的故事。

师：什么是"牛角挂书"呢？

生：李密要外出求学，一路上赶路会用去很多时间。为了节约时间，李密就把书挂在牛角上，边赶路边读书。

师：李密真是个用功的少年。

生：正因为他用功读书，所以学识渊博，很有才能。

师：李密后来成了隋末农民起义队伍瓦岗军的首领，这与少年时代用心求学密不可分啊！

轻松小练习

1. 故事写的是谁用心求学，用功读书的故事？（　　）

A. 李密　　B. 杨素　　C. 杨玄感　　D. 隋炀帝

2. 李密挂在牛角上的书是《____________》，他读的是其中的《____________》。

圆木警枕

《司马光砸缸》这个故事大家都不陌生吧？小时候的司马光机灵又聪明，但是仅靠这些就会有所成就吗？读读下面的故事，你一定会有所感悟。

小时候，司马光和哥哥弟弟们一起学习，他觉得自己记忆力比较差，便想办法克服这个弱点。每当老师讲完书，哥哥弟弟们读上一会儿，勉强背得出来，便一个接一个地丢开书本，跑到院子里玩。只有司马光不肯走，他轻轻地关上门窗，集中注意力高声朗读。他读了一遍又一遍，直到读得滚瓜烂熟，能够流畅地、一字不错地背诵，才肯休息。

司马光从小到老，一直坚持不懈地学习。在做官之后，司马光更加刻苦地学习。他住的地方，除了图书和卧具，再没有其他珍贵的摆设。他的卧具很简单：一架木板床，一条粗布被子，一个圆木枕头。为什么要用圆木枕头呢？说来很有意思。原来，当读书太困倦的时候，一睡就是一大觉，司马光为此很着急。

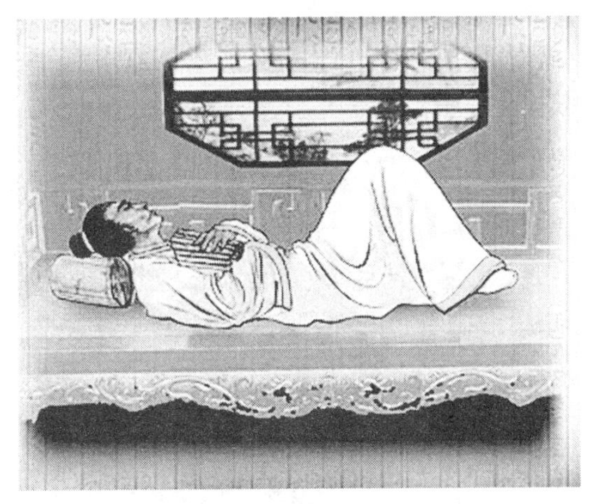

有一次，司马光在花园里散步，碰到一段圆木，这圆木滚了一下，就引起了他的注意。于是他就把圆木捡回屋内，放在床上当枕头。圆木枕头放到硬邦邦的木板床上，极容易滚动。只要稍微动一下，它就滚走了。每天晚上学习困了，他就枕着圆木睡一会儿。圆木一滚动，头就跌在木板床上，“咚”的一声，他被惊醒了，就会立刻爬起来读书。司马光给这个圆木枕头起了个名字叫“警枕”。

由于勤奋学习，司马光成为一个很有学问的人。著名史书《资治通鉴》就是他主编的。

小名片

司马光是北宋政治家、文学家、史学家，历仕仁宗、英宗、神宗、哲宗四朝。他主持编纂了中国历史上第一部编年体通史《资治通鉴》。司马光为人温良谦恭、刚正不阿，他的人格堪称典范，历来受人景仰。

名师小讲坛

司马光少年时期用一根圆木当枕头。他用这种办法读了很多的书，后来成为一个知识渊博的大学者。他用19年的时间主编了一部历史巨著《资治通鉴》。司马光之所以取得这样的成就，不光靠自己的聪明和才智，更重要的是他勤奋好学、吃苦耐劳、坚持不懈。大凡是成功的人，都是百分之一的灵感，加上百分之九十九的汗水。司马光从小勤奋学习、肯于吃苦的精神值得我们敬佩和学习。

轻松小练习

1. 司马光用来枕的圆木为什么叫“警枕”呢？
2. 司马光最终成为一个很有学问的人，他主编了一部著名的史书，这部书的名字叫（　　）。

   A.《史记》　　B.《资治通鉴》　　C.《孙子兵法》

悠悠寸草心

几千年来，“百善孝为先”的道德思想始终根植在无数人的内心深处。《亲尝汤药》中汉文帝刘恒侍奉母亲从不懈怠，以仁孝之名闻于天下；《百里负米》中子路自己常常采野菜做饭食，却从百里之外背米回家侍奉双亲；《杨香救父》中杨香为救父亲，全然不顾自己的安危，用尽全身力气扼住猛虎的咽喉，猛虎终于放下父亲跑掉……

这些无不体现着他们的孝心，让我们从中学习如何关心、侍奉和感恩父母。

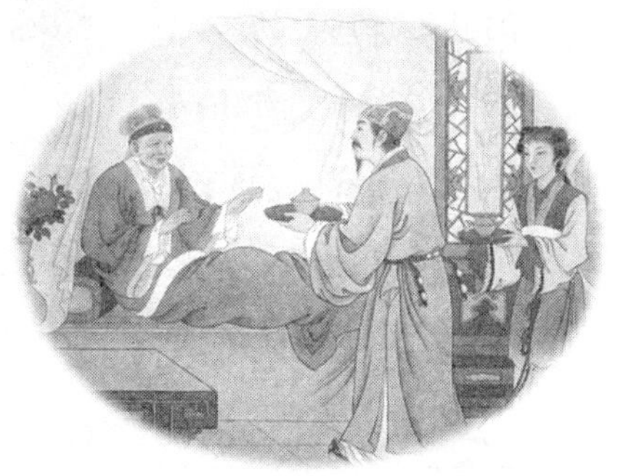

百里负米

孔子有一位弟子名叫子路。子路小时候家里很穷，连一顿白米饭都很难吃上。当父母想吃白米饭的时候，年少的子路是怎么做的呢？请你读读下面的故事吧。

子路小的时候家里很穷，长年靠吃粗粮野菜度日。

有一次，年老的父母想吃米饭，可是家里一点米也没有，怎么办？子路想到要是翻过几道山到亲戚家借点米，不就可以满足父母的这点愿望了吗？于是，小小的子路翻山越岭走了近百里路，从亲戚家背回了一小袋米。看到父母吃上了香喷喷的米饭，子路忘记了疲劳。邻居们都夸子路是一个勇敢孝顺的好孩子。

后来，子路做了大官，奉命到楚国去。随从的车马有上百辆，所积的粮食也有上万种。坐在垒叠的锦褥上，吃着丰盛的筵席，

子路常常怀念已过世的双亲，他慨叹道：“现在即使我想吃野菜，想为父母亲去借米，哪里能够再有机会呢?”孔子赞扬他说：“你侍奉父母，可以说是生时尽力，死后思念哪!”

◆子路：即仲由，字子路、季路。春秋时期鲁国人，孔子的得意学生。性格直率勇敢，十分孝顺。

子路，鲁国人，以政事见称。18 岁时，适逢孔子东游，得到孔子赏识，收为弟子。他性格爽直，为人勇武，信守承诺，忠于职守。对孔子的言行，他虽然常提出意见，却是个好弟子。他跟随孔子周游列国，是孔门七十二贤之一。

名师小讲坛

子路为了让父母吃到较好的食物，能不怕劳苦，到百里之外背着米回来，奉养父母。从这则故事中，我们可以充分地感受到子路对父母的一份孝心。“百善孝为先。”子路那时虽然年龄不大，但是已经感受到父母对自己的一片养育之情，通过对他们孝顺报答父母之爱。作为一个成长在爸爸妈妈温暖怀抱中的你，是否能够感受到他们的恩情，并付出实际行动表达你对他们的一份小小的孝心呢?

轻松小练习

1. 年老的父母想吃米饭，可是家里一点米也没有，子路想到________________。

2. 孔子赞扬子路说：“________________________________”

亲尝汤药

普通百姓孝敬父母是一种美德。一位每天忙碌处理国家大事的皇帝也是孝敬父母的楷模。请你读读汉文帝刘恒的故事，一定会从心底佩服他。

西汉时期的汉文帝刘恒，是汉高祖刘邦的第三个儿子，从小就奉行孝道。刘恒被封为代王时，生母薄太后跟随他住在一起。刘恒对他的母亲很孝顺，从来不敢怠慢，是有名的大孝子。

刘恒与母亲感情深厚，他倾心地侍奉母亲，尽力让她感到快乐和满足。然而薄太后身体虚弱，常患病，这可急坏了刘恒。他母亲一病就是三年，而且一直卧床不起。三年里，汉文帝白天勤理朝政，下朝后便衣不解带地陪伴在薄太后病

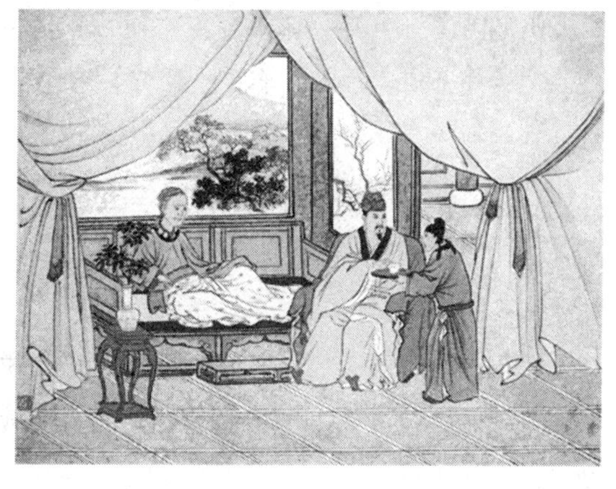

床前。刘恒天天为母亲煎药。每次煎完药，他自己总要先尝一尝，看看汤药苦不苦、烫不烫，自己觉得差不多了，才给母亲喝。每次看到母亲睡了之后，他才趴在母亲床边睡一会儿。那些日子里，汉文帝往往通宵达旦，陪伴在母亲身边。三年后，母亲的身体终于康复了，他却由于操劳过度累倒了。

刘恒孝顺母亲的事，在朝野广为流传。人们都称赞他是一个仁孝之子。

阅读小链接

《亲尝汤药》是历史上二十四孝故事之一。请你读一读历史上记载的《亲尝汤药》的原文吧。

亲尝汤药

前汉文帝，名恒，高祖第三子，初封代王。生母薄太后，帝奉养无怠。母常病，三年，帝目不交睫，衣不解带，汤药非口亲尝弗进。仁孝闻天下。

名师小讲坛

中国有句古语：“百善孝为先。”意思是说，孝敬父母在各种美德中是占第一位的。一个人如果都不知道孝敬父母，很难想象他会热爱祖国和人民。

“孝仁闻天下，巍巍冠百王。母后三载病，汤药必先尝。”这首诗说的就是西汉的汉文帝刘恒。他虽然贵为皇帝，却像平民百姓一样，照顾年迈的母亲。太后生病，每次喝药的时候，他都要尝一尝，看看药苦不苦、烫不烫。他每天伴在太后身边，整日整夜地不合眼。皇帝随从那么多，他却没有让随从代替他照顾母亲。汉文帝的孝道值得后人学习。

轻松小练习

1.《亲尝汤药》讲的是汉文帝____________的故事。他每日亲自侍候病中的____________，是个大孝子。

2. 刘恒孝顺母亲的事，在朝野广为流传。朝廷的文武官员看到皇帝如此孝敬母亲，会怎么想，怎么说呢？

缇萦救父

古时候，男孩子出头露面是符合常理的，而女孩子即使是出门也是会被人议论的。下面故事中的女孩子缇萦为了救被判刑的父亲，敢于向皇上递上奏章，这份勇气和孝心多么可贵啊！读读故事，去感受她的品质吧。

淳于意，本是太仓令，后来弃官行医。他妙手回春，医治好许多人，所以很受当地人的爱戴。

有一次，有个大商人的妻子生了病，请淳于意医治。淳于意诊断后知道病人已经病入膏肓，无药可救了。但是病人的家人再三恳求淳于意试着救救她。淳于意只好勉强开了几服药让她服用。病人吃了药，果然如淳于意所料，没有好转，过了几天死了。大商人仗势向官府告了淳于意一状，说是他错治了病。当地的官吏也不分青红皂白，判淳于意“肉刑”，要把他押解到长安去受刑。

淳于意有五个女儿，可没有儿子。他被押解到长安前离开家的时候，望着女儿们叹气，说：“唉，可惜我没有男孩，遇到急事，一个有用的也没有。”

几个女儿都低着头伤心得直哭，只有最小的女儿缇

萦又是悲伤，又是气愤。她想："为什么女儿偏偏没有用呢？"她提出要陪父亲一起到长安去，家里人再三劝阻她也没有用。

缇萦到了长安，托人写了一份奏章，到宫门口递给守门的人。汉文帝接到奏章，知道上书的是个小姑娘，倒很重视。那奏章上写着："我叫缇萦，是太仓令淳于意的小女儿。我父亲做官的时候，齐地的人都说他是个清官。这次他犯了罪，被判处肉刑。我不但为父亲难过，也为所有受肉刑的人伤心。一个人砍去脚，就成了残废；割去了鼻子，不能再安上去，以后就是想改过自新，也没有办法了。我情愿给官府没收为奴婢，替父亲赎罪，好让他有个改过自新的机会。"

汉文帝看了奏章，十分同情这个小姑娘，也觉得她说的话有道理，就召集大臣们，对大臣们说："犯了罪该受罚，这是没有话说的。可是受了罚，也该让他重新做人才是。现在惩办一个犯人，在他脸上刺字或者毁坏他的肢体，这样的刑罚怎么能劝人为善呢？你们商量一个代替肉刑的办法吧！"

大臣们一商议，拟定一个办法，把肉刑改用打板子。原来判砍去脚的，改为打五百板子；原来判割鼻子的，改为打三百板子。汉文帝正式下令废除肉刑。这样，缇萦就救了她的父亲。

互动小课堂

这真是一个让人感动的故事。缇萦的父亲淳于意无奈给一个病入膏肓的人治病，病人死后，他被判处肉刑。这个刑法是非常厉害的，就是要在脸上刺字，还要割去鼻子，砍掉脚。缇萦作为家中最小的女孩，不顾家人的反对，和父亲一起去长安，还大胆地给皇帝上了奏章。缇萦以肉刑的残酷为出发点，向汉文帝表达了自己的看法。汉文帝是一个少有的开明的皇帝。他看了缇萦的信后，十分感动，下诏书废除了肉刑，以打板子代替。古时候女孩子不要说给皇帝上奏章，就是出门也是要被议论的呀！为了救自己的父亲，缇萦把生死都置之度外了，真让人敬佩啊！

轻松小练习

1. 故事中，________为父亲________________给皇帝上了奏章，挽救了父亲。

2. 缇萦是怎样说服皇帝赦免了她的父亲的肉刑的？

杨香救父

杨香为了救自己的父亲，不顾危险，与猛虎搏斗，并最终制服了猛虎。虽然杨香的打虎行为我们不能模仿，但是她的爱父孝心仍然值得我们学习。

杨香是晋朝顺阳人杨丰的女儿。她很小的时候，母亲去世，父亲含辛茹苦，把她拉扯成人。杨香是在苦难中长大的，心眼好，懂事早，对父亲非常孝顺。

杨香 14 岁的时候，常跟父亲在田里做工。附近一个山林里，经常有老虎出没。收获季节的一天，杨丰跟女儿杨香在田中劳作完毕，准备回家时，突然听见虎啸。一只老虎随即出现，扑到杨丰身上。

杨香吓得呆住了，但立刻明白父亲已经遭遇危险。她心中一急，想也没想就用力一跳，跃上了虎背。

老虎吓了一跳，口一松，杨丰就掉下来，滚到路边。

杨香叫道："父亲，赶快逃命啊!"

可是，她父亲已吓得昏了过去。

杨香抓紧了老虎脖子上的皮，用力捶打老虎的鼻子和眼睛。她曾听人说过，制服野兽最好的法子，就是抓紧它的脖子。于是她用力掐住老虎的喉咙，任凭老虎怎么挣扎，她的一双小手始终像一把钳子，紧紧卡住老虎的咽喉不放。老虎终因喉咙被卡，无法呼吸，瘫倒在地上。她的父亲因此得以幸免于难。

名师小讲坛

杨香的父亲被老虎叼去，摆在她面前的有两条路：一条是不管父亲，自己拔腿逃命；另一条就是赤手空拳地与老虎搏斗。她毫不犹豫地选择了与老虎搏斗。在她的眼里，那虎牙的锋利、虎爪的凶猛都没有父亲的命重要，真是令无数人敬佩！这一切，都源于杨香心中对父亲的一份爱、一份孝心啊！

轻松小练习

1. 在这个故事中，为了救父亲，与老虎勇敢搏斗的是__________。

2. 你觉得杨香是个什么样的孩子？在你认为正确的选项后面画“√”。

（1）勇敢机智 （　　）

（2）做事莽撞 （　　）

（3）孝敬老人 （　　）

辞官寻母

宋朝的朱寿昌是个孝敬父母的人。他为了寻找分离多年的生母，连官位都辞掉了，这是一份多么深厚的孝心啊！

宋朝时有一个名叫朱寿昌的人，是个很有名的孝子。他的生母刘氏，原来是他父亲的小妾。正妻妒忌她有了小孩，设了一个计谋将刘氏赶出了朱家。自此母子骨肉分离，50 年未能相见。

50 年来，朱寿昌无时无刻不在思念母亲。每到一地做官，他都四处查找老人家的踪迹。可是人海茫茫，找人谈何容易。宋神宗当朝的时候，他再也没有心思做官了，决定辞掉官职去寻找母亲。临行时，他告诉家人自己的决定，发

誓说："找不到母亲，我今生今世绝不回家！"这一次，他将寻母的重点放在秦地（今陕西省）。后来，历尽千辛万苦的他，他终于在同州（今陕西省大荔县）寻找到了自己的母亲。当时刘氏已经70多岁了。

朱寿昌弃官寻母的孝行，在当时社会引起了轰动。著名文学家王安石、苏轼等人都赋诗作文大加赞扬。常言道："精诚所至，金石为开。"朱寿昌一片真诚的孝母之心，让人感动，令人敬佩。

互动小课堂

师：短文讲的是谁的故事？

生：讲了宋朝朱寿昌为了寻找亲生母亲，辞掉官职，经过千辛万苦，终于找到生母的故事。

师：从这件事中，朱寿昌给你留下了怎样的印象？

生：他孝敬母亲。

生：朱寿昌与母亲骨肉分离50年，却依然没有忘记他的母亲。他无时无刻不在思念母亲。

师：是啊，他真可以算得上一个孝子。

生：最让我感动的是50年来，他不仅仅是思念母亲，还能放弃自己的官位，在茫茫人海中寻找母亲。

师：多么可贵的孝心啊！这份孝心也感动了天地，历尽千辛万苦的朱寿昌终于找到了母亲。以后的日子，他终于可以好好尽孝了。

轻松小练习

1. 这个故事中辞官寻母的是（　　）。

A. 老莱子　　B. 缇萦　　C. 朱寿昌　　D. 刘恒

2. 朱寿昌弃官寻母，历尽艰辛，终于找到自己的母亲，真是“精诚所至，__________”。

但见丹诚赤如血

诚实，就是忠诚正直，言行一致，表里如一。守信，就是遵守诺言，不虚伪欺诈。“民无信不立”，诚实守信是中华民族的传统美德。几千年来，翻开我们中华民族的文明史，以诚实守信为做人根本的故事比比皆是：曾子以实际行动为孩子做出了讲究诚信的榜样；商鞅立木，获得百姓信任，从而推行了新法；晋文公因诚信获得了人民的拥戴，国家逐渐富强……

让我们在这一个个历史故事中，感受诚信的魅力，感受古人内心的一份真诚与豁达，让诚信的美德在我们心中源远流长，百代流芳。

曾子杀猪

曾子是孔子的得意弟子。他不仅很有学问，也是诚信为人的典范。对于妻子随口哄孩子的一句话，他却做到了有诺必行。读读下面的故事，了解他是如何教育孩子讲诚信的吧。

曾子是我国春秋末期鲁国人。他是孔子的得意弟子，为人很讲信用，从不欺骗别人，对自己的孩子也是一样。

一天，曾子的妻子要去集市上买东西，她的小儿子哭着喊着要和母亲一起去。母亲哄他说："好孩子，你在家里等着，我回来杀猪炖肉给你吃。"小儿子听后信以为真，就乖乖地在家里等着母亲。

不久，曾子的妻子从集市上回来了。她还没进院子，就听到她家的猪在"嗷嗷"叫。她走到院里一看，猪四肢被捆，倒在桌上，曾子正在磨刀。妻子赶紧上前问曾子："你这是干什么？"

曾子头也不抬地回答："杀猪。"

妻子一听急了："我那是哄小孩儿的，你怎么能当真？"

曾子语重心长地对妻子说："孩子小，不怎么懂事，他的一言一行都是跟着父母学的。在他面前是不能撒谎的，不然，就是教他说假话骗别人啊！"

听了曾子的话，妻子很惭愧。她和曾子一起动手，把猪杀了，给孩子炖了一锅香喷喷的猪肉。

阅读小链接

吾日三省吾身

曾子提出："吾日三省吾身：为人谋而不忠乎？与朋友交而不信乎？传不习乎？"意思就是："我每天必定用三件事反省自己：替人做事有没有不尽心尽力的地方？与朋友交往是不是有不诚信之处？师长的传授有没有复习？"这就是曾子所说的"三省"。

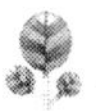

互动小课堂

师： 这个故事中的主要人物是谁？

生： 是春秋末期鲁国人曾子。

师： 讲了他的什么故事呢？

生： 曾子为了妻子的一句哄孩子的话，真的把猪杀了，给孩子炖猪肉吃。

师： 我觉得曾子没有必要这样做。妻子的话不过是哄小孩的，为了一句话把家里的猪杀了炖肉真不值得。你同意我的说法吗？

生： 我不同意。孩子的言行是跟着大人学的。既然答应了别人，即使是小孩，也应该言而有信，说到做到。

生： 待人要真诚，不能欺骗别人，否则会将自己的孩子也教育成一个待人不真诚的人。

师： 是啊，曾子真是个了不起的人。他用自己的实际行动教育孩子要言而有信，诚实待人。

轻松小练习

1. 这个故事讲了＿＿＿＿＿＿为了妻子许诺孩子的一句话而杀猪炖肉，从而用实际行动教育孩子＿＿＿＿＿＿＿＿＿的事。

2. 孩子看见父母真的给自己杀猪炖肉，心里会想什么呢？

季子挂剑

一个仅仅在自己心中给别人许下的诺言，季子是如何对待的呢？请你读读《季子挂剑》的故事，看看季子的做法给你什么启示。

季札（zhá）是我国春秋时期吴国国君的小儿子，因为他的封地在延陵，所以又称“延陵季子”。他博学多才，品行高尚，甚至是自己在心里许下的诺言，也要竭尽全力去做到。

一次，季札遵照国君的旨意出使各国。他中途经过徐国，受到徐国国君的热情款待。两人意气相投，谈古论今，十分投机。

几天后，季札要离开徐国继续赶路，徐国国君设宴为季札送行。宴席上不但有美酒佳肴，而且还有悦耳动听的音乐，这一切令季札十分陶醉。酒喝到高兴处，季札起身，抽出佩剑，一边唱歌一边舞剑，以助酒兴，表示对徐国国君盛情款待的感谢。这把佩剑不是一般的剑，剑鞘（qiào）精美大方，上面雕刻着蛟龙戏珠的图案，镶嵌着上等宝石，在灯光的照耀下显得格外精致。剑锋犀（xī）利，是用上好的钢制成的，看起来寒光闪闪，令人不寒而栗，挥舞起来更是银光万道，威力无穷。徐国国君禁不住连声称赞："好剑！好剑！"

季札看得出徐国国君非常喜欢这把宝剑，便想将这把剑送给徐国国君做纪念。可是，这是出使前父王赐给他的，是他作为吴国使节的一个信物，他到各诸侯国去必须带着它，才能被接待。现在自己的任务还没有完成，怎么能把剑送给别人呢？徐国国君心里明白季札的难处，尽管十分喜欢这把宝剑，却始终没有说出，以免让季札为难。季札对徐国国君的体谅非常感激，于是在心里许下诺言：等我出使列国归来，一定要将这把宝剑送给徐国国君。

几个月后，季札完成了使命，踏上归途。一到徐国，他顾不得旅途的劳累，直接去找徐国国君。然而，出乎意料的是，徐国国君不久前暴病身亡。

季札怀着沉痛的心情来徐国国君的墓前，三行大礼之后，对着国君的墓说："徐君，我来晚了。我知道您喜欢这把宝剑。现在我的任务完成了，可以将这把剑赠予您了。"说着，他摘下佩剑，双手敬到墓前，然后郑重地把剑挂到了墓前的松树上。跟在一旁的随从不解地问："大人，徐国国君已经去世了，你把剑送给他，他也看不到，你这么做有什么用呢？"季札说："在离开徐国之前，我已经在心里许下诺言，要将这把剑送给徐君。从那时起，这把剑已经不属于我了。这段时间以来，我只不过是借用，现在是来把剑还给徐君。”

◆封地：旧时分封给王室成员及大臣、诸侯的土地。
◆徐国：是春秋时代的诸侯国之一。
◆延陵：大约在今常州、江阴等吴地沿江一带地区。

季札：又称公子札、延陵季子、季子。是春秋时吴王寿梦的第四子。季札不仅品德高尚，而且是一位具有远见卓识的政治家和外交家。

名师小讲坛

这个故事中的季子佩带一把宝剑出使各国。这把宝剑可不是普通的剑，它不仅剑鞘精美大方，剑锋犀利，更是季札访问各国的信物呢。所以，当朋友徐君看中了他的剑时，他只能在心中许下诺言，决定完成使命后再把宝剑送给徐君。可不幸的是，他回来之后徐君已经去世了。于是，他立刻去了徐君的墓前，把宝剑挂在了徐君墓前的树枝上，飘然离去。想一想，季子当时只是在自己的心中许下了诺言，徐君并不知道。况且，徐君已经死去了。季子把宝剑拿回也是合情合理的。然而，对季子而言，哪怕是心中的一个诺言，哪怕是朋友已经死去，也是要兑现的。他真是个重信重义的君子啊！

轻松小练习

1. 季子在（　　）的情况下信守承诺。

   A. 当面允诺完成出使任务就把宝剑送给徐君

   B. 徐君还活着，再次表达对宝剑的喜爱之情

   C. 仅在自己心中许下诺言，而且徐君已经去世

2. 你从季子的身上学到了做人要______________________。

商鞅南门立木

"民无信不立。"一个国家如果不讲信用，那么怎么能得到百姓的信任呢？商鞅是用什么方法取得百姓的信任，协助秦孝公治理国家的呢？读读下面这个经典的诚信故事吧。

战国初期，秦国还比较落后。秦孝公即位后，为了振兴秦国，到处网罗人才。这时，有个叫商鞅的卫国人来到秦国，得到了秦孝公的接见。商鞅提出秦国现行的法律有很多都已过时，应该重新制定新的法律和政策。秦孝公觉得商鞅说得非常有道理，就任命他为左庶长，主持变法。

商鞅心想：要在秦国进行改革，首先就要取得老百姓的信任，只有这样，才能在全国建立起一种诚信守法的良好社会风尚，从根本上保证变法的成功。于是，他在新的法令颁布之前，冥思苦想了好几天，终于想出了一个取得老百姓信任的好办法。

这天清晨，商鞅派人在都城的南门竖起了一根三丈高的大木柱，并在南门城墙上挂出告示，下令道：谁能

把这根大木柱扛到北门，朝廷就赏给他十两黄金。

这个消息立刻在全城引起了轰动。人们纷纷涌向南门，围在大木柱的四周。大家七嘴八舌，议论纷纷。

“嘿，这倒是稀奇事，扛一根木头就赏金十两。”

“天底下哪有这么便宜的事儿，怕是欺骗我们的吧？”

“官府的葫芦里到底卖的什么药？”

围观的人越来越多，可就是没人去碰那根木头。更有一些胆小怕事的人，怕惹是生非，自讨苦吃，悄悄地溜走了。因此，尽管这天前来围观大木柱的人成百上千，但是没有一个人上前去搬动它。

第二天，商鞅又让人在南门挂出告示，下令道：谁能把这根大木柱扛到北门，就赏给他五十两黄金。

告示挂出后不久，从围观的人群中走出一个小伙子。只见他挽起衣袖，把大木柱扛起来就走，一边走，一边还嘟囔（nang）着：“我倒要看看，这位左庶长大人说话算不算数。”当扛大木柱的人到达北门后，商鞅立刻让人把五十两黄金赏给了他。

这件事立刻传开了，轰动了全国。商鞅郑重地

对大家说：“为了让咱们的国家强大起来，我受秦孝公的委托，负责推行新法。今后，凡是按新法办事的，都有重赏，就像这位扛大木柱的人一样。可是，要是谁胆敢违抗法令，我定斩不饶！”商鞅正是用这种方法向人们表明，秦国的法律绝不欺骗百姓。之后，新法正式公布，得到大力推行，秦国也因此逐渐富强起来。

小贴士

◆商鞅：战国时期政治家、改革家、思想家，法家学派的代表人物。

◆秦孝公：战国时期秦国的国君，在位24年。

◆左庶长：是秦国一直沿用了几百年的官名，是有实权的大臣职务。

阅读小链接

商鞅先后两次实行变法，变法内容为“废井田、开阡陌，实行郡县制，奖励耕织和战斗，实行连坐之法”等。商鞅变法是战国时期一次比较彻底的改革运动，大大推动了社会进步和历史的发展。通过改革，秦国废除了旧的制度，创立了适应社会经济发展的新制度。秦国的经济得到发展，军队战斗力不断加强，秦国发展成为战国后期最富强的国家。

名师小讲坛

作为一名政治家、改革家，商鞅真是有着过人的胆识与魄力。

他的南门立木的举动，看似是一件无足轻重的事情，却有着非常重大的意义。它不但为朝廷树立了一个言而有信、说到做到的形象，取得了老百姓对朝廷的信任，而且为新法的顺利实施打下了坚实的基础。其实，诚信是一个人也是一个民族的美德，它是做人的准则，是得到他人信任的基础。

轻松小练习

1. 商鞅是我国________时期的改革家。他到________国后，便说服秦孝公__________________________________，争取国家富强。秦孝公觉得商鞅说得非常有道理，就任命他为____________，主持变法。

2. 选成语，填一填。

A. 南门立木　　B. 铁杵磨针　　C. 言出必行　　D. 言行不一

商鞅派人在都城的南门竖起了一根三丈高的大木柱，并挂出告示，下令能把大木柱扛到北门者，朝廷将奖赏他十两黄金，后来还加到五十两黄金。这就是商鞅____________的故事。这个故事告诉我们要____________________。

范式守信

两年前的一个约定能实现吗？东汉时期的范式就为了两年前和朋友的一个约定，不顾千里路途之远，前来赴约。读了这则故事，你会深受启发。

东汉时有个叫范式的人，他是山阳人。他和汝南人张劭是好朋友。两人一同在太学读书，他们志同道合，非常投缘，感情很深厚。

有一次，范式和张劭因为家中有事，请假各回家乡。分别时，范式郑重地对张劭说："我们约好，两年以后的今天，我到你家去，拜见你的父母双亲以后，我们一起再回京城继续求学。"张劭高兴地答应了。

到了约定相见的那天早晨，张劭把范式要来做客的事告诉了母亲，请她准备酒菜招待客人。母亲说："你们分别已经整整两年，他的家乡离我们这儿有千里之遥，相约的话恐怕早就忘记了。你相信他会来吗？"

张劭十分肯定地说："范式是个很讲信用的人，他一定不会失约的。"母亲点着头说："既然如此，我应当为你们的重逢准备好美酒佳肴。"

张劭把屋里屋外打扫得干干净净，到村口去等候好朋友。只见笔直平坦的大道上，一个风尘仆仆的行人正在急急赶路。张劭迎上前去一看，果然是好朋友范式。他俩激动地拥抱在一起，欢喜得不知说什么好。

范式和张劭手拉着手来到家中，拜见了张劭的父母。他们欢畅地交谈着，友情更加深厚了。

张劭的父母感慨地说："范式这孩子，真是个守信的好少年啊！"

小贴士

◆太学：中国古代的大学。

◆山阳：即山阳县，位于陕西省商洛市，在陕西东南部。

◆汝南：即汝南县，位于河南省驻马店市。

互动小课堂

师：文章中讲了哪一对好朋友的故事？

生：文章讲的是好朋友范式和张劭的故事。

师：他们之所以能成为好朋友，就是因为他们志同道合，非常投缘。

生：范式为了他们的约定，不远千里之遥来到张劭家做客。

师：是啊，还从哪里能看出范式遵守约定呢？

生：范式遵守的是一个两年前的约定，这真不容易。

师：张劭因为相信范式一定不会失约，就让母亲准备酒菜，迎接范式。你们觉得这对好朋友，有着怎样的品质？

生： 他们是守信用、讲诚信的好少年。

轻松小练习

1. 把故事中的人物和他们做的事连一连。

范式　　信任朋友，不负两年前的约定，做好迎接朋友的准备。

张劭　　为了两年前的约定，不远千里来到朋友家拜访。

2. 文中的范式一定给你留下了非常深刻的印象，请你用一两个能表现他品质的词语为他“画像”吧。

____________　____________

晋文公守信得原卫

普通百姓需要信守承诺，一国之君更要有诺必行，这样才能以信立国，使国家更加强盛。读读晋文公攻打原国的故事，你会深有感触。

晋文公带兵攻打原国，只携带了十天粮食。于是，他和大夫们约定十天做期限，要攻下原国。如果十天到了，还没有攻下原国，就收兵退军。

可是到原国十天了，却没有把原国攻下来。晋文公便下令敲锣退军，准备收兵回晋国。

这时，有个战士从原国回来报告说："再有三天就可以攻下原国了。"这可是个千载难逢的好机会，眼看就要取得胜利了。

晋文公身边的群臣也劝谏（jiàn）他说："原国的粮食已经吃完了，兵力也用尽了。请国君再等待一些时

日吧！”

听了群臣的话，晋文公语重心长地说：“我跟大夫们约定了十天的期限，如果不回去，就是失去了我的信用啊！为了得到原国而失去信用，我办不到。”于是，下令撤兵回晋国去了。

这件事情传到了原国。原国的百姓听说这件事，都说：“有君王像文公这样讲信义的，怎么能不归附他呢？”于是纷纷归顺了晋国。卫国人听到了这个消息，也说：“有君主像文公这样讲信义的，怎能不跟随他呢？”于是也向文公投降。

孔子听说了，就把这件事记载下来，并且评价说：“晋文公攻打原国竟获得了卫国，是因为他能守信啊！”

小贴士

◆原国：又叫原城，是周王朝的一个诸侯国。
◆大夫：古代的一种官职名。
◆卫国：是周王朝的一个诸侯国。位于今河南省鹤壁、新乡一带。

小名片

晋文公，春秋中前期晋国的国君，是一位政治家、外交家，在位时间仅8年。在做国君之前，他被迫流亡列国，历时达19年之久。他是春秋时代第一强国的缔造者，开创了晋国长达一个多世纪的中原霸权。“退避三舍”“秦晋之好”都是以他为主

角的成语故事。

名师小讲坛

再有三天就能攻下原国了，大臣们也一再劝说，可晋文公非要退兵。你觉得晋文公是不是不懂兵法，而且有点“傻”呢？可就是这个有点“傻”的命令，不仅让晋国得到了原国，还收获了卫国呢。这是为什么呢？就因为晋文公讲究信义啊！晋文公为了实现他称霸天下的愿望，采取了一系列措施。他与民同苦乐，受到了百姓的拥戴。他不断增强晋国的实力，坚守信用，建立起了自己的威信，最终成就了一番霸业。

轻松小练习

1. 晋文公在原国作战十天后，再有三天就能取得胜利了，他为什么下令撤兵返回晋国呢？（　　）

   A. 带的粮食吃完了。

   B. 大臣劝他收兵。

   C. 到了与大夫约定的日期了。

2. 晋文公攻打原国，不仅得到了原国，还获得了卫国，孔子认为其根本原因是晋文公（　　）。

   A. 足智多谋，指挥有方

   B. 明礼守信，值得信任

   C. 贤良爱民，体恤百姓

黄裳还珠

面对自己捡到的一大袋子珍珠，快二十岁的宋朝君子黄裳是怎样做的呢？读读下面的故事，不禁要对他燃起敬佩之情。

黄裳是宋朝人，他从小就是一个非常聪明的孩子。黄裳酷爱读书，不但读得快，而且能够消化理解，转化成自己的知识。他的文章也写得很好，是乡里有名的神童才子。黄裳不仅学问高，而且还是一个诚实的君子。

有一次，父亲派他到城里办事。夜晚，黄裳在一家小客店住下。由于赶了一天的路，黄裳觉得很疲劳，洗漱一下就熄灯上床，准备美美地睡上一觉。刚躺在床上，黄裳觉得腰部下面好像有什么东西，用手一摸，席子下面有一个硬邦邦的东西。他翻身起床，揭开席子，借着月光一看，原来是一个装着东西的布袋。黄裳心里琢磨，一定是前面住店的客人忘在这里的东西，就点亮灯想看一看里面装的是什么。他解开系布袋口的绳子，随手把布口袋往桌上一倒，只听“哗啦”一声，黄裳立刻惊呆了：原来从布口袋里倒出来的是一堆珍珠，足有上百颗，

有几颗还滚落在了地上！黄裳连忙把掉在地上的珍珠捡起来，又把桌子上的珍珠收到布袋里。他担心有遗落在地上的珍珠，在床下、桌下仔细搜寻了一番，确定再没有失落的，这才把布袋口扎好，放在枕头底下。

他熄了灯，重新上床睡觉，可是睡意全无。黄裳心想，我长到快二十岁了，还没见过这么多珍珠放在一块儿，我该怎样处理这些珍珠呢？他反复地问自己，最后他决定还是想办法把珍珠还给它的主人，说不定这是那人的全部积蓄。再说，不义之财不可得，拿了会一辈子受良心谴责的。这么一想，黄裳心里轻松多了，不一会儿就香甜地睡着了。

第二天一早醒来，黄裳立刻从店里借来笔墨，在留言墙上写道："某年某月，隆炭府普成人黄裳曾住此店某某号房间。"

店小二见状，心里觉得好笑，又不是什么达官显贵、名人雅士，题这破字干什么？

黄裳收拾好东西准备上路，临行前，他对店主说："如果有人到贵店来找珍珠，请他到城里来找我。"接着，他详细地说了自己在城里的地址。

他到城里没过几天，就有人来找他，说自己是遗失珍珠的人，是看了小旅馆里先生留下的字，店老板又告诉了详细的地址才找到这里来的。

黄裳说："珠子确实在我这里，但是我们得找地方对证一下，防止被人冒领。"于是，他们来到官府，当堂对证。那人说了珠子的数目，官府的官员亲自数了珠子后，和那人说的一点儿不差，这才当面将装有珍珠的袋子还给了失主。

失主非常感激黄裳，想送他几颗珠子作为谢礼。黄裳说："我要是想要珠子的话，你就一颗也得不到了。我既然把珠子还给你，就一颗也不会要。"

这事传扬出去，人们都称赞黄裳是个诚信君子，是个德才兼备的书生。

互动小课堂

师：读了这个故事，你知道讲的是谁做的什么事情吗？

生：讲了宋朝的黄裳住旅店时捡到别人丢失的珍珠，并归还失主的故事。

师：黄裳捡珍珠的时候有人看到吗？

生：黄裳独自住店，屋子里没有别人，他是准备睡觉时，发现席子下面有一个硬邦邦的东西，打开一看，是一袋子珍珠。

师：是啊，黄裳捡珍珠的时候没有人看到，而且捡到的是一袋子珍珠。可黄裳还是把珍珠归还了失主，他当时是怎么想的呢？

生：黄裳睡不着，他想自己长到快二十岁了，没见过这么多珍珠放在一块儿，该怎样处理这些珍珠呢？

生：他想说不定这是那人的全部积蓄，应该想办法把珍珠还给

失主。这样心里才踏实。

师：对呀，当失主要拿出几颗珠子作为对黄裳的谢礼时，黄裳不为所动，一颗也不要。你觉得黄裳是个什么样的人？

生：他不贪图钱财，拾金不昧，诚实正直。

轻松小练习

1. 宋朝的黄裳住旅店时捡到的是（　　）。

A. 一袋钱币　　　　B. 一颗珍珠

C. 几颗珍珠　　　　D. 一袋珍珠

2. 黄裳在旅店的留言墙上写道："某年某月，隆炭府普成人黄裳曾住此店某某号房间。"这个留言为失主提供了哪些信息，在你觉得正确的选项后面打"√"。

（1）提示失主他捡到珍珠和失主丢失珍珠的时间相符。（　　）

（2）告诉失主他捡了多少珍珠。（　　）

（3）告诉失主捡到珍珠的人可能叫黄裳。（　　）

第七单元

运筹帷幄有神功

上下五千年，英雄万万千。中国历史的舞台上，无数智士能臣千古留名。孙膑智斗恶人庞涓，全局在胸；孔融小小年纪巧言妙对，令人刮目相看；诸葛亮一座空城吓退司马懿十五万大军，神机妙算，闻名遐迩……他们运筹于帷幄之中，决胜于千里之外。

让我们在这一个个脍炙人口的故事中，领略他们无穷的智谋，感受他们身上闪耀的智慧光芒！

田忌赛马

齐威王每个等级的马都比田忌的强，三场比赛下来，田忌都失败了。田忌的好朋友孙膑想出了一条妙计，还是原来的马，就让田忌转败为胜了。他用了什么办法呢？

齐国的大将田忌很喜欢赛马。有一次，他和齐威王约定，进行赛马比赛。

他们把各自的马分成上、中、下三等。比赛的时候，上等马对上等马，中等马对中等马，下等马对下等马。由于齐威王每个等级的马都比田忌的强，三场比赛下来，田忌都失败了。田忌觉得很扫兴，垂头丧气地准备离开赛马场。

田忌的好朋友孙膑也在人群里。这时，孙膑招呼田忌过来，拍着他的肩膀说：“从刚才的情形看，大王的马比你的马快不了多少呀……”

孙膑还没有说完，田忌看了他一眼，说：“想不到你也来挖苦我！”

孙膑说：“我不是挖苦你。你再同他赛一次，我有办法让你取胜。”

田忌疑惑地看着孙膑：“你是说另换几匹马？”

孙膑摇摇头，说：“一匹也不用换。”

田忌没信心地说：“那还不是照样输！”

孙膑胸有成竹地说：“你就照我的主意办吧。”

齐威王正在得意扬扬地夸耀自己的马，看见田忌走过来，便讥讽田忌：“怎么，难道你还不服气？”

田忌说：“当然不服气，咱们再赛一次！”

齐威王轻蔑地说：“那就来吧！”

一声锣响，赛马又开始了。

孙膑让田忌用下等马对齐威王的上等马，第一场输了。

接着进行第二场比赛。孙膑让田忌拿上等马对齐威王的中等马，胜了第二场。齐威王有点慌了。第三场，田忌拿中等马对齐威王的下等马，又胜了一场。这下，齐威王目瞪口呆了。

比赛结果，田忌胜两场输一场，赢了齐威王。

还是原来的马，只是调换了一下出场顺序，就可以转败为胜。

小贴士

◆田忌：战国初期齐国名将。

◆齐威王：战国时期齐国国君。

◆孙膑：战国时期军事家。被齐威王任命为军师，协助齐国大将田忌用计谋在桂陵、马陵战胜魏军。著有《孙膑兵法》一书。

互动小课堂

师：这个故事讲了谁和谁进行赛马？他们进行了几次比赛？

生：是齐国的大将田忌和齐威王比赛。他们一共赛了两次。

师：这两次比赛分别是怎样比的？结果怎样呢？

生：他们把各自的马分成上、中、下三等。第一次比赛，他们的上等马对上等马，中等马对中等马，下等马对下等马。由于齐威王每个等级的马都比田忌的强，三场比赛下来，田忌都失败了。

生：第二次田忌用下等马对齐威王的上等马，第一场输了。接着进行第二场比赛。孙膑让田忌拿上等马对齐威王的中等马，胜了第二场。第三场，田忌拿中等马对齐威王的下等马，又胜了一场。田忌胜两场，输一场，赢了齐威王。

师：孙膑看到田忌第一次比赛失败后说："从刚才的情形看，大王的马比你的马快不了多少呀……"这时候，孙膑心里在想什么呢？你觉得孙膑是个怎样的人？

生：孙膑观察了赛场上的情况，并且进行了分析。他善于观察，头脑灵活，很有智慧。

轻松小练习

1. 第一次，由于____，三场比赛下来，田忌都失败了。

第二次，由于____，田忌转败为胜。

2. 与爸爸妈妈合作，试着摆一摆，说说还是原来的马，能用其他出场顺序使田忌取胜吗？

孙膑智斗庞涓

孙膑和庞涓是同门师兄弟。当庞涓妒忌孙膑的才干，要他性命的时候，孙膑忍辱负重，与奸诈的小人庞涓斗智斗勇，最终取得成功。

故事发生在群雄争霸的战国时期。庞涓和孙膑是同门师兄弟，两人同时在魏惠王手下做官。庞涓妒忌孙膑的才干，用一连串的阴谋诡计，陷害孙膑。魏惠王大怒之下，对孙膑施以酷刑，将他的两块膝盖骨剜去。从此以后，孙膑只能爬行。孙膑受此酷刑，庞涓却还假意哭泣，对孙膑非常关心。原来，他是想骗孙膑将孙武兵书写下来送给他。为了报答庞涓的救命之恩，孙膑欣然答应。直到有一天，同情孙膑的人告诉他，庞涓是为了得到兵书才留他一条性命，兵书写完他的命也完了。

孙膑如梦初醒。怎么办？苦思冥想之后，孙膑终于想到了一个办法——装疯。狡猾的庞涓怀疑孙膑是装疯，就让人把他抬到猪圈里去。谁知孙膑一进猪圈，就抓吃猪食，披头散发，傻笑不止。一连好些天过去了，孙膑天天都是如此。庞涓这才认为他是真疯了，于是放松了警惕。从此，孙膑就爬来滚去，白天浪迹街头，晚上爬回猪圈，真的就像一个疯子。

后来在一些有识之士的帮助下，孙膑终于被秘密救到了齐国。不负众望的孙膑，接连打了两次大胜仗。第一次就是著名的“围魏救赵”，庞涓吃了大亏。第二次，庞涓率军去攻打韩国，齐威王派孙膑为军师，带兵5万前去救援韩国。这次孙膑又采用了相同的“围魏救韩”的策略。

庞涓一听国都危急，只好率军撤回魏国，并加速追赶齐军。当追到齐军第一天扎营之地时，庞涓细细察看齐军做饭的炉灶数，庞涓发现足够供10万人吃饭用的，不由得大惊失色。当第二天追到齐军扎营之地后，发现炉灶明显减少，大概只有供5万人用的了。追到第三天，庞涓再查炉灶，发现只有供3万人用的了。庞涓大喜，说：“我一向知道齐国人胆小，如今开进我们魏国才三天，士兵就逃了一大半。”于是下令大军没日没夜地追赶齐军，一直追到马陵。天快黑的时候，魏军发现前面的路都被木头堵住了。庞涓急忙指挥士

兵将木头搬开，却发现周围的树全砍倒了，只留下一棵最大的没砍。那棵树的一面还刮去了树皮，上面影影绰绰还写着那么几个大字，因天色昏暗，看不清楚。庞涓连忙叫人点上火把，趁着火光这么一瞧，十个大字赫然在目：“庞涓死此树下。军师孙膑。”庞涓大呼：“哎呀！我又上了孙膑的当了！”只听一声梆响，四周万箭齐发，箭如雨射。原来孙膑成心天天减少炉灶的数目，引诱庞涓追上来。他早就算准了时辰，在马陵道上埋下了伏兵，吩咐他们：“一见树下起了火光，就一齐放箭。”庞涓身中数箭，料想无法脱身，只好拔剑自刎而死。随后，齐军乘胜全歼魏军，孙膑因此而名扬天下。他写的《孙膑兵法》也一直流传到了今天。

◆孙膑：战国中期齐国人，著名的军事家，是《孙子兵法》的作者孙武的后代。

◆庞涓：战国初期魏国名将。

小名片

孙膑曾与庞涓一同学习兵法。庞涓做魏惠王将军时，忌妒孙膑的才能，把他骗到魏国，处以膑刑（挖去膝盖骨），故称孙膑。孙膑后经齐国使者秘密载回，被齐威王任命为军师，协助齐将田忌，设计大败魏军于桂陵、马陵。著有《孙膑兵法》一书，也称《齐孙子》。

名师小讲坛

孙膑和庞涓本来师出同门，庞涓为了得到兵法，却设计陷害孙膑。得知真相的孙膑靠着自己的智慧两次战胜了庞涓。第二次，孙膑一步步引庞涓陷入他设计的埋伏圈，甚至算好了时辰。孙膑凭借自己的智慧战胜了心胸狭隘、嫉妒心强的庞涓，这真是一个斗智斗勇的过程啊！正义与邪恶较量，正义最终战胜了邪恶。孙膑有勇有谋，令人佩服。

轻松小练习

1. 孙膑第二次战胜庞涓的过程中，庞涓追赶齐国，第一天看到齐军的炉灶数，够供__________人吃饭用，第二天够__________人用，第三天只够__________人用了。人数每天减少，庞涓认为齐国的这些士兵__________。

2. 孙膑第二次战胜了庞涓，源于他设计的计谋。他算准了哪些呢？在你觉得正确的选项后面画“√”。

（1）庞涓会从做饭的炉灶数判断士兵逃跑了。（　　）

（2）庞涓看到炉灶数减少，不敢再追赶齐军。（　　）

（3）庞涓会在天黑时候追到大树下。（　　）

孔融巧进李膺府

“孔融让梨”的故事大家都非常熟悉，孔融小小年纪就懂得礼节。他小时候聪明好学，才思敏捷，大家都夸他是神童。下面就请你来阅读一个孔融10岁时发生的小故事，领略一下孔融的巧言妙答吧。

孔融小时候，不仅学习勤奋，还善于思考。父亲外出拜客总是带着他去。10岁那年，他随父亲来到洛阳。当时，著名的士大夫李膺也在京城，如果不是名士或他的亲戚，守门的人一般是不通报的。孔融只有10岁，想看看李膺是个什么样的人，就登门拜访。守门人忙把他拉住，问道：“你是哪家小孩，到一边玩去！”孔融严肃地回答说：“请你们进去通报，山东孔融来访。”守门人见他一本正经，也不知是什么来头？笑着问：“小公子，可有红帖？”孔融说：“我家和你家主人世代交往，又有师生之谊，无须红帖，只管通报。”守门人怕慢待贵客，只好进去通报。这时李膺正和许多文人雅士交谈，听了通报，一时想不起这位孔融和自己家是什么关系，只好说：“请进！”小孔融兴冲冲地走进大厅，一边向主人问候，一边拱手招呼各位来宾，态度不卑不亢。李膺一边让座，一边打量着这位俊才少年，心里好生奇怪：这小孩从未见过面，而他为何自称世家呢？于是，李膺问道："小公子，你说我们两家世代交情，我怎么想不起来啊！"孔融微笑着说："500 年前孔子曾经问礼于老子，孔子姓孔，老子姓李，说明孔、李两家500 年前就有师生之谊。今你姓李，我姓孔，也是师生关系，我们两家不是累世通家吗？"

孔融语出惊人，在座客人无不暗暗称奇。太守李膺不禁哈哈大笑起来："小公子真神童也。"唯有太中大夫陈韪（wěi）不以为然，冷冷地说："小时候聪明的人，长大后未必有作为。"面对挑战，孔融笑着说："这样说来，先生小时候一定很聪明。"这一巧妙对答，弄得陈韪面红耳赤，暗暗坐在一旁生气。孔融则目不斜视，装着大人模样，一本正经地喝着茶，引得众人哈哈大笑。

互动小课堂

师：读了这则小故事，你一定对故事中的孔融赞不绝口。10 岁的孔融给你留下了怎样的印象？

生：孔融不卑不亢，巧言对答，能言善辩，非常聪慧。

师：你从故事中的哪些地方能感受孔融的聪慧？

生：孔融年纪轻轻，竟能在没有红帖的情况下，让守门人通报李膺，并进了他的府邸，真了不起。

生：孔融进了李膺的府邸，面对多位文人雅士，不慌不忙，不卑不亢，问候主人，招呼来宾。

生：当太守问道为何说两家世代交情时，孔融以 500 年前的孔子向老子问礼，以及他们的师生情谊作答。

师：孔融学识丰富，思维灵活，真是聪慧。

生：当陈韪想讽刺孔融时，孔融面对挑战，不露声色，以礼还击，反应灵敏，让陈韪无言以对。

师：故事处处表现了孔融的智慧，他真是才思敏捷啊！

轻松小练习

1. 孔融为什么说他和太守两家世代交情，且有师生情谊呢？
2. 孔融对答陈韪的话：“这样说来，先生小时候一定很聪明。”实际意思是（　　）。

   A. 真心夸奖陈韪小时候聪明

   B. 暗指陈韪现在没有作为

   C. 暗指陈韪现在很有作为。

空城计

诸葛亮是三国时期蜀国的军师。他足智多谋，神机妙算。当魏国的将领司马懿亲自率领15万大军进攻诸葛亮所在的西城时，身边没有一员大将的诸葛亮如何让敌人退了兵呢？读读《空城计》这个故事，你一定会佩服诸葛亮的智慧。

三国时期魏国的名将司马懿占领了街亭以后，亲自带领15万大军向西城这个地方来了。

这一天，诸葛亮正和部下商量怎么抵抗的事，忽然探子飞马来报："司马懿带领15万人马朝西城打来。"这时候，诸葛亮身边并没有大将，只有一些地方官，他所带的5000兵马有一半是运送粮草的，不能打仗。听说司马懿的兵来了，大家都吓得心惊胆战，不知怎么办才好。诸葛亮到城头一看，果然尘土飞扬，魏兵分两路向西城杀来。诸葛亮传下命令，叫人把所有的旗子都藏起来，城里的人不许随便出入，也不许大声说话，把四面城门全部打开，在每个城门口让20个老兵扮成老百姓的模样，拿着扫帚打扫街道，如果魏兵到了，不要惊慌失措。诸葛亮吩咐完了，自己把鹤毛大衣一披，戴上丝织的头巾，

领着两个小童登上了城楼，坐在城楼上喝酒弹琴。

一会儿工夫，司马懿的大军来到了城下。一看这种情况，就不敢前进了，连忙报告司马懿。司马懿在马上远远望过去，果然看见诸葛亮坐在城楼上，满脸笑容，喝酒弹琴，轻松自得。司马懿看了，心里非常疑惑，连忙下令向后撤退。司马懿的儿子司马昭问："为什么要撤退？是不是诸葛亮没有兵故意做出样子来迷惑我们？"司马懿说："你小小年纪懂什么。诸葛亮一向谨慎小心，从来不做冒险的事儿。他在城楼上一坐，四面城门大开，里面一定有埋伏。我们如果进去，就中了他的计。快快后退四十里！"

诸葛亮见司马懿的兵马撤退了，拍手大笑起来。左右的官员都很惊奇，就问诸葛亮："司马懿是魏国的名将，如今带了15万大军攻打过来，见了丞相，为什么撤退得这样快？"

诸葛亮说："司马懿知道我一向很小心的，决不敢冒险。今天我把城门打开，他就会怀疑我有埋伏，所以

很快地撤退了。其实我倒不想冒险，实在是迫不得已，才用这个办法的。”部下听了都很敬佩他，说他无论什么时候都能想出办法来。

◆诸葛亮：字孔明，三国时期蜀汉丞相，中国历史上著名的政治家、军事家、发明家。

◆司马懿：字仲达，三国时期魏国杰出的政治家、军事家。

诸葛亮受刘备三顾茅庐邀请出山，对促成孙刘联盟和建立蜀汉政权起到了决定性的作用。刘备死后，诸葛亮任蜀国丞相，辅佐刘禅，成为蜀汉政治、军事上的实际领导者。他先后五次率军北伐曹魏，在第五次北伐时病逝于五丈原。诸葛亮一生“鞠躬尽瘁、死而后已”，是中国传统文化里忠臣与智者的代表。

互动小课堂

师：读了《空城计》这个故事，你最佩服谁？

生：诸葛亮足智多谋，我最佩服他。

师：是啊，诸葛亮让司马懿的15万大军退了兵，真了不起！他用了什么计谋？

生：诸葛亮叫人把所有的旗子都藏起来，不许城里的人随便出入，也不许大声说话，把四面城门全部打开，在每个城门口让20个老兵扮成老百姓的模样，拿着扫帚打扫街道。

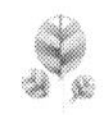

生： 他自己也披上鹤毛大衣，戴上丝织的头巾，领着两个小童登上了城楼，坐在城楼上喝酒弹琴。

师： 司马懿见到这种情景，为什么会退兵呢？

生： 司马懿认为诸葛亮平生谨慎，不会冒险，如今大开城门，一定会有埋伏。他想如果这时候进城，就会中计的。

师： 诸葛亮为什么会用空城计获得成功呢？

生： 诸葛亮能准确分析形势，临危不慌，做事果断。

生： 诸葛亮对司马懿非常了解。

生： 诸葛亮既勇敢，又有智慧，灵活机动，出奇制胜。

轻松小练习

1. 下面哪一种不是故事中的诸葛亮表现出来的？（　　）

A. 临危不慌　　B. 足智多谋

C. 做事谨慎　　D. 机智果断

2. 请想象一下，司马懿知道真实情况后，心里会是什么感受？

康熙智擒鳌拜

历史上著名的康熙皇帝8岁即位。有一个叫鳌拜的大臣长期把持朝廷大权。读一读下面的故事，看看年少的康熙皇帝是如何用自己的智慧和实力制服这个老奸巨猾又无比可恶的大臣的。

康熙刚登基做皇帝的时候，还不到8岁，由四个辅臣协助他处理国家大事。其中有个大臣叫鳌（áo）拜，仗着自己是三朝元老，欺负康熙年少，独揽大权，在朝廷中呼风唤雨，丝毫没把小皇帝当回事。

康熙不甘心这样长期受鳌拜的压制，极想制服鳌拜，但是他清楚地看到了鳌拜长期掌握朝廷大权，很难对付。康熙为了制服鳌拜想了很久，终于想出一个办法。他按当时清朝的规矩，选了一批满族权贵的子弟，表面上是供自己玩耍的伙伴，因为这些权贵子弟都跟皇帝差不多大，但都体格健壮，腰腿灵活。于是，康熙每天都跟这群少年做相扑游戏，练习摔跤。鳌拜进宫办事，康熙也毫不在意，照样玩得热热闹闹的。鳌拜见了，觉得很是好笑，心里想这终究是一群孩子，只知道嬉戏打闹。从

此他更不把康熙皇帝放在眼里了。

康熙要除掉鳌拜的决心丝毫没有动摇，他背地里加紧训练权贵子弟。终于在时机成熟后，召鳌拜进宫。不过鳌拜可是久经战场，武功了得，而且哪怕是觐（jìn）见皇上也是刀不离手，几个少年根本不是鳌拜的对手。康熙也想到了，于是在召鳌拜进宫的过程中，他设计了连环计。一是说皇帝已经长大了，每次带刀觐见不合适，让鳌拜进入大殿之前就放下了武器。二是对鳌拜坐的椅子做了精心设计，本来是四条腿的椅子被折断了一条腿然后又粘上了。三是给鳌拜的茶水是滚烫的杯子，并且由扮成太监的侍卫端送。当鳌拜接过茶托里的茶杯准备喝的时候，被烫到了，然后身子一斜，歪向椅子断腿的一侧，于是直接栽到地上了。紧接着前后两侍卫就赶紧按着鳌拜大叫：“鳌大人摔着了，快来扶救。”于是一群少年都扑向鳌拜，终于将鳌拜捉拿起来了。康熙拿出早已准备好的鳌拜罪状念了起来，要将鳌拜凌迟处死。可是鳌拜挣脱少年露出都是伤疤的前胸后背，细数这些都是为大清打江山留下的，康熙也不禁动

容，于是将凌迟处死改为终身监禁。入狱后的鳌拜非常气愤，结果在狱中不到两个月就被活活气死了。

久经战场、历经官场沉浮起落的鳌拜终究没有斗过年仅16周岁的康熙。从此，康熙加强了自己的皇权，开始了真正亲政的政治生涯。

◆康熙：清朝皇帝，是清朝第四代君主。

◆鳌拜：清朝三代元勋，康熙帝早年辅政大臣之一。鳌拜前半生军功显赫，号称“满洲第一勇士”，后半生则操握权柄、结党营私。

康熙皇帝，8周岁登基，14岁亲政，在位61年，是中国历史上在位时间最长的皇帝。他是中国统一的多民族国家的捍卫者，奠定了清朝兴盛的根基，开创出康乾盛世的大好局面。

小名片

名师小讲坛

小小的康熙真是了不起。面对强大的对手鳌拜，他丝毫没有退缩，并且用智慧战胜了他。他的智慧表现在哪里呢？你看，康熙早就想擒捕鳌拜，但是在心里头忍了又忍。鳌拜那么跋扈，在康熙面前那么蛮横，他却不动声色，等待时机。这就是欲擒故纵。为了麻痹鳌拜，康熙按当时清朝的规矩，选了一批满族权贵的子弟，表面上是供自己玩耍的伙伴，实际上是为擒拿鳌拜做准备。鳌拜对此毫

无戒备，反倒觉得小孩子们在宫廷里练练武艺，练练摔跤，不需要太重视。最妙的是擒拿鳌拜时的连环计，让鳌拜无用武之地，束手就擒。16 岁的康熙就这样凭借智慧，有计划、有策略地铲除了鳌拜，加强了皇权，并开创出康乾盛世的大好局面。

轻松小练习

1. 康熙每天和一群体格健壮、腰腿灵活的少年做相扑游戏，练习摔跤，表面上是____________，实际上是____________。（　　）

A. 加紧训练　打闹玩耍　　　　B. 打闹玩耍　加紧训练

2. 请你按照康熙制服鳌拜的连环计的顺序标上序号。

（　　）给鳌拜端滚烫的茶水，并且由扮成太监的侍卫端送。

（　　）让鳌拜进入大殿之前就放下了武器。

（　　）对鳌拜坐的椅子做了精心设计。

第八单元

海内存知己

在中华民族历史发展的过程中，流传着许多团结友爱、精诚互助的故事。有的是兄弟之间，骨肉相依；有的是朋友之间，亲如手足；有的是君臣之间，同心同德。齐景公为见国相晏婴最后一眼，欲速不达见真情；钟子期与俞伯牙身份悬殊，因音乐而成为知音；管仲与鲍叔牙的友情故事流传至今……

让我们通过古人的一个个感动人心的故事，去了解古人对友情的珍视，学会慎择友、善待友，懂得人与人之间要互相帮助、互相支持、同心同德的道理，共同感受友情的真谛。

齐景公欲速不达见深情

齐国的国君齐景公与国相晏婴友情非常深厚。晏婴去世前，齐景公乘快马回都城，希望能见晏婴最后一眼，却欲速不达。读了这则故事，你一定会为他们的一片真情所打动。

齐景公到少海出游。正在兴致勃勃的时候，突然有人从国都赶来报告："国相晏婴得了重病。如果国君不能马上回都城，恐怕就见不到他了！"齐景公一听，猛地跳起来，急匆匆地往停马车的地方跑，嘴里喊着："回去！回去！"齐景公命令最好的马车夫韩枢驾着最快的骏马繁驵，立即赶回都城。

韩枢使出了浑身的解数，繁驵奔驰如飞。顷刻之间，已行了数十里路。然而，景公仍觉得车子太慢。他夺过韩枢手里的鞭子和缰绳，亲自驾驭起来，嘴里还不住地叨念："晏婴啊晏婴，我的好爱卿，我说什么也得见上你一面！平仲啊平仲（晏婴的字），我的好帮手，我就要赶到你的身边！繁驵啊繁驵，都说你是千里马，原来却是这般模样！像你这样迟缓，什么时候才能见到晏婴！"

其实，繁驵很懂人情，像知道国君的心思一样，“呼哧”“呼哧”地喘着，简直不是在跑，而是在飞。然而，景公仍感觉它跑得很慢，甚至觉得根本没有前进。景公刹住车子，失态地喊道：“下车，下车！”韩枢不知道是怎么回事，只见景公跳下车子，径直向都城方向跑去……

马跑得快呢，还是人跑得快呢？当然是马啊！虽然齐景公像小孩子似的办了“傻”事，欲速则不达，但是，病中的晏婴如果知道他的国君为他如此犯“傻”，不知该怎样感激涕零呢！

齐景公身为齐国国君，心里能这样装着他的臣子，这是怎样深重的君臣之情啊！

小贴士

◆齐景公：春秋后期的齐国君主，在位时有名相晏婴辅政。

◆晏婴：也称晏子。春秋时期齐国人，齐国大夫。他是一位著名的政治家、思想家、外交家。

互动小课堂

师： 故事中的齐景公正在少海出游，为什么要急匆匆地赶回都城呢？

生： 因为齐国的国相晏婴得了重病。齐景公想马上回都城，再见晏婴最后一面。

师： 齐景公坐上由最好的马车夫韩枢驾着的最快的骏马繁驵，为什么还觉得慢呢？

生： 因为他心里很急，他想快点回去见到晏婴。

师： 心里着急，想求快速，反而不能达到目的，这就是“欲速则不达”。齐景公虽然办了件傻事，但是你从中能感受到什么呢？

生： 齐景公心里装着晏婴，与国相晏婴有着深厚的情谊。

师： 齐景公身为齐国国君，心里能这样装着他的臣子，这份情谊真可贵。

轻松小练习

1. 文章讲了__________在出游时，得知大臣__________病重，于是不顾一切要赶回探望，欲速则不达的故事。

2. 判一判。

（1）齐景公下车自己跑，是因为马车跑得太慢，他自己跑得快。（　　）

（2）齐景公下车自己跑，实际比马车慢得多，但从中看出他对臣子的一片情谊。（　　）

高山流水遇知音

一位著名的琴师与一位打柴的樵夫因艺术而心灵相通，成了知音，这份情谊流传至今。读读下面的故事，了解俞伯牙与钟子期的一份知音情怀吧。

俞伯牙从小就酷爱音乐，他弹起琴来，琴声优美动听，犹如高山流水一般。虽然有许多人赞美他的琴艺，但是他却一直认为没有遇到真正能听懂他琴声的人。他一直在寻觅自己的知音。

有一年，俞伯牙奉命出使楚国。望着空中的一轮明月，俞伯牙琴兴大发，拿出随身带来的琴，专心致志地弹了起来。他弹了一曲又一曲，正当他完全沉醉在优美的琴声之中的时候，猛然看到一个人站在岸边欣赏他的琴声。

俞伯牙借着月光仔细一看，那个人身旁放着一担干柴，是个打柴的人。俞伯牙心想：一个打柴的樵夫，怎么会听懂我的琴声呢？于是他就问："那就请你说说看，我弹的是一首什么曲子？"听了俞伯牙的问话，那打柴的人笑着回答："先生，您刚才弹的是孔子赞叹弟子颜回的

曲谱。”

打柴人的回答一点不错，俞伯牙不禁大喜，把打柴人请到船上，又为他弹了几曲。当他弹奏的琴声雄壮高亢的时候，打柴人说：“这琴声，表达了高山的雄伟气势。”当琴声变得清新流畅时，打柴人说：“这后弹的琴声，表达的是无尽的流水。”俞伯牙听了不禁惊喜万分，自己用琴声表达的心意，过去没人能听得懂，而眼前的这个樵夫，竟然听得明明白白。没想到，在这荒山野岭之下，竟遇到自己久久寻觅不到的知音，于是他问明打柴人名叫钟子期。俩人越谈越投机，相见恨晚，于是结拜为兄弟。约定来年的中秋再到这里相会。

和钟子期洒泪而别后的第二年中秋，俞伯牙按照约定又来到了汉阳江口。可是他等啊等啊，怎么也不见钟子期来赴约。第二天，俞伯牙向一位老人打听钟子期的下落。老人告诉他，钟子期已经不幸染病去世了。临终前，他留下遗言，要把坟墓修在江边，到八月十五相会时，好听俞伯牙的琴声。

听了老人的

话，俞伯牙万分悲痛。他来到钟子期的坟前，弹起了古曲《高山流水》。弹完后，他挑断了琴弦，长叹了一声，把心爱的瑶琴在青石上摔了个粉碎。他悲伤地说："我唯一的知音已不在人世了，这琴还弹给谁听呢?"

两位"知音"的友谊感动了后人，人们在他们相遇的地方，筑起了一座古琴台。直至今天，人们还常用"知音"来形容朋友之间的情谊。

小贴士

◆俞伯牙：春秋时期的著名音乐家。
◆钟子期：春秋时期楚国人。靠打柴为生。

阅读小链接

明朝的冯梦龙在《警世通言》中记录了这个故事，请你读一读。

忆昔去年春，江边曾会君。今日重来访，不见知音人。但见一抔土，惨然伤我心！伤心伤心复伤心，不忍泪珠纷。来欢去何苦，江畔起愁云。子期子期兮，你我千金义，历尽天涯无足语，此曲终兮不复弹，三尺瑶琴为君死！

名师小讲坛

故事中的俞伯牙是当时著名的琴师，他技艺高超，被人尊称为

“琴仙”。像这样的人，会缺少别人的称赞吗？当然不会。在他的周围，一定有许多人赞扬他，褒奖他。但是，在他的心里，任何褒奖赞扬的力量都赶不上打柴的樵夫——钟子期。伯牙弹琴的时候，心里想到巍峨的高山，钟子期听了就能感受到雄壮巍峨的高山；伯牙弹琴时，心里想到潺潺流淌的河水，钟子期就能感受到河流奔向远方……无论伯牙弹到什么，想到什么，钟子期都能准确地说出他心中所想的。他们的心是相通的，这便是“知音”。当樵夫钟子期死后，一代琴仙竟然将琴摔碎，一生不再弹琴，因为他认为此生再也没有像钟子期这样能懂他心灵的知音了。这是一种多么深厚的情谊啊！

轻松小练习

1. 故事讲的是____________和____________成为知音的故事。
2. 《伯牙绝弦》这个故事赞扬了（　　）。

   A. 俞伯牙琴技高超

   B. 朋友间相互理解和欣赏的真挚友情

   C. 钟子期虽然是打柴人，但是有精通音乐的才华

管鲍之交

人们记住鲍叔牙这个名字，不是因为他做了多大的官，而是因为他对待朋友的一片赤诚之心。读读这个故事，感受一下什么是真正的朋友吧。

从前，齐国有一对罕见的知心朋友，一个叫管仲，另外一个叫鲍叔牙。这两个人后来都成了著名的政治家。

管仲和鲍叔牙年轻时合伙做生意。鲍叔牙富有，出的本钱多；管仲贫穷，出的本钱少。可是，当赚了钱以后，管仲却拿的比鲍叔牙还多，鲍叔牙的仆人看了就说："这个管仲真奇怪，本钱拿的比我们主人少，分钱的时候却拿的比我们主人还多！"鲍叔牙却对仆人说："不可以这么说！管仲家里穷，又要奉养母亲，多拿一点没有关系的。"有一次，管仲和鲍叔牙一起去打仗。每次进攻的时候，管仲都躲在最后面，大家就骂管仲："管仲是一个贪生怕死的人！"鲍叔牙马上替管仲说话："你们误会管仲了，他不是怕死，他得留着他的命去照顾老母亲呀！"

最能体现两人友谊的，是齐国公子纠和公子小白的争位之战。鲍叔牙辅佐的公子小白取得了王位，管仲却

因辅佐过公子纠而成了罪犯。但是鲍叔牙却说服公子小白把自己相国的高位让给了管仲，自己心甘情愿地做他的副手。

后来，管仲感动地说："在我因为公子纠而囚禁受辱的时候，鲍叔牙并不以我为耻。生我的是父母，真正了解我的是鲍叔牙呀！"现在，大家在称赞朋友之间有很好的友谊时，就会说他们是"管鲍之交"。

小贴士

◆管仲：名夷吾，又名敬仲，字仲，春秋时期齐国著名的政治家、军事家。

◆鲍叔牙：又称鲍叔、鲍子，春秋时期齐国大夫，管仲的好朋友，以知人善交著称。

名师小讲坛

管仲和鲍叔牙一起做买卖，赚的钱管仲总是多拿一些，鲍叔牙不但不指责他，还非常理解朋友，从不斤斤计较，认为管仲生活贫苦，多拿点钱是应该的。鲍叔牙包容管仲的不足，一直在默默地关心他、帮助他。鲍叔牙认为管仲的才能在他之上，就心甘情愿地把相国的位置让给管仲。鲍叔牙不嫉妒朋友的才能，而是为朋友的成就感到高兴。他们之间的友谊不以金钱利益相衡量。这可真算得上最真挚的友谊了。

轻松小练习

1. 判一判。

“管鲍之交”中的“管”是管仲，“鲍”是鲍叔牙。(　　)

2. 请你用上几个词语称赞鲍叔牙的品质吧。

__________、__________、__________

黄霸愿与知己同赴难

真正的友情是什么样的呢？有相同的爱好，有共同的语言，真心帮助朋友。读了下面的故事，你会受到启发。

汉宣帝在位期间，提议为他的曾祖父汉武帝创庙乐，来歌颂他的功德，让大臣们展开“讨论”。大臣们都说应该依照皇帝的命令办事。这时，一个叫夏侯胜的人说：“汉武帝虽然有扩大疆土的功劳，却为此阵亡了很多将士，耗尽了国家的人力、物力。疆土稳定了，他又求仙、祀神，挥霍无度，导致百姓流离失所。他对人民没有什么恩惠，不应该为他创庙乐。”

大臣们听了夏侯胜的话，都非常害怕，为避免自己受到牵连，联名上书举报“夏侯胜对皇上旨令妄加评论，对先帝肆意诋毁，应予治罪！”夏侯胜听了，一点也不惧怕，说：“直言不讳，是君子的做法；随声附和，是小人所为。我已经把我的想法表达清楚了，死而无憾！”

群臣愕然。这时，丞相长史黄霸挺身而出。黄霸尽管平时与夏侯胜很少来往，但听了夏侯胜的铮铮之言，看到他凛然正气，十分敬佩，立刻将他视为知己。黄霸上前与夏侯胜站在一起，拉着他的手说："先生道出了我的心思，我愿与知己者共同赴死！"顿时，他俩相知恨晚。

创庙乐的事情定下来了，而夏侯胜和黄霸双双入狱。在狱中，他们谈国事，肝胆相照；议家事，情投意合。夏侯胜还和黄霸一起研究《尚书》。大家都非常敬佩他们那种"交友贵相知"的精神。

◆黄霸：西汉大臣。

◆夏侯胜：西汉著名经师。

◆创庙乐：通过宗庙音乐，为人歌功颂德。

小名片

黄霸为人明察秋毫，心思敏捷，通晓文法，而又性情温良，懂得谦让，有智慧，善于组织调度下属。他做县丞时，处理事情、颁布决议都合乎法律，深得人心。太守非常信任他，官吏百姓都很爱戴他。

互动小课堂

师：这篇文章讲的是哪两位好友的故事呢？

生：讲的是夏侯胜和黄霸的故事。

师：故事中说，他们两人平时很少来往，怎么成了好友呢？

生： 汉宣帝想要给汉武帝创庙乐，让大臣们“讨论”，只有夏侯胜敢说真话，表示反对。

生： 黄霸尽管平时与夏侯胜很少来往，但听了夏侯胜的铮铮之言，看到他凛然正气，十分敬佩，立刻将他视为知己，并愿意与夏侯胜共同赴死。

师： 他们遇险不惊，临危不惧，舍生取义。共同的心思使两人成为相知的挚友。这份友情多么真挚啊！

轻松小练习

1. 这篇文章写的是____________和____________成为好友的事。
2. 黄霸无比钦佩夏侯胜，并与他站在一起，拉着他的手说：“先生道出了我的心思，我愿与知己者共同赴死！”想一想，黄霸这样说、这样做的时候，心里会想些什么？（　　）

   A. 夏侯胜对皇上旨令妄加评论，对先帝肆意诋毁，应予治罪！

   B. 夏侯胜一味逞强，还对皇帝的旨令当面提出反对意见，虽然说得有道理，但是会被皇帝处置，我要劝劝他。

   C. 夏侯胜一身正气，刚正不阿，是真正的贤士。他所言正如我所想的。与这样的人成为朋友，死而无憾了。

荀巨伯探友

当自己和朋友都有危险的时候，一个能选择保护朋友的人，一定是了不起的。荀巨伯就是这样一个人。读读这个故事，看看你有什么感受。

荀巨伯是汉桓帝时的贤士，一向恪守信义，笃于友情。他听说千里之外的一个好友得了重病，心急如焚，匆匆安排了家事，收拾好行装，便赶去探视。他晓行夜宿，披星戴月，奔波了半个多月，才到达好友居住的县城。谁知进城以后，只见街上冷冷清清，悄无一人。他好不容易才找到好友的住处，发现好友躺在床上，面色惨白，连声低呼："水！水！"

荀巨伯忙从桌上取过土碗，四处寻水，好一会儿才在厨房的水缸里找到了一点儿水，马上装入碗内，递到好友口边。

友人见荀巨伯满面风尘，为看望自己不惜千里奔波，深受感动。但想到目前情况紧急，他焦急地对荀巨伯说："胡兵马上就要来攻城了，城里的人都跑光了，你还是赶快走吧，晚了就走不了了。"

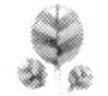

荀巨伯诚挚而又坚定地说："你重病在身，旁边没有一个亲人，作为朋友，我现在哪能离开呢？"

友人感动地说："贤弟盛情，令人感动。我是快要死的人了，怎么能够连累你呢？您还是快点走吧！"说完，又吃力地把手一挥。

荀巨伯恳切地说："我不远千里来看你，你却要我走。弃义以求生，我荀巨伯是那样的人吗？"

正说到这里，突然听到外面有人高喊："这里有人。"

友人听见喊声，焦急地对荀巨伯说："胡人来了，你快从后门逃走吧！"

正在这时，门突然被踢开了，一个身材魁梧、身着胡装、手执钢刀的大汉，带领几个随从冲进来。

友人十分着急，荀巨伯却镇定如常。

大汉见屋中只有两名男子，便走上前去，大声地问荀巨伯："我们大军一到，城里的人都跑了，你们为什么还敢留在这里？"

荀巨伯从容不迫地回答道："我是荀巨伯。朋友重病在身，没有人照顾，我不能扔下他不管。希望刀下留情，要杀就杀我，千万不要伤害我的朋友。"

大汉想不到整个城都空了，荀巨伯竟然愿意舍己救友，非常感动，于是他对随从们说："我们这些没道义的人，却来攻打这样一个有道义的县城，走。"说完，向荀巨伯一拱手，转身出门而去。

友人此时才如释重负，紧紧拉住荀巨伯的手，一句话也说不出来，眼泪滚滚而下……

互动小课堂

师：你觉得故事中的荀巨伯是一个什么样的人？

生：他恪守信义，笃于友情。

师：从哪里能看出荀巨伯的这种品质？

生：好友得了重病，他心急如焚，匆匆安排了家事，收拾好行装，便赶去探望好友。

生：他晓行夜宿，披星戴月，奔波了半个多月，不远千里才到达好友居住的县城。

生：面对胡人攻城，自己会送命的危险，荀巨伯依然选择留下来照顾好友。

师：是啊，荀巨伯冒着生命危险也要保护他的好友，他把好友看得比自己的生命还重要。这是多么真挚的友谊啊！这才是君子之交！

轻松小练习

1. 胡人就要攻进城里，荀巨伯没有离开的原因是（　　）。

A. 他看完朋友，来不及离开了

B. 朋友需要他照顾，不让他离开

C. 朋友有病，他要留下来照顾朋友

2. 胡人走后，友人“紧紧拉住荀巨伯的手，一句话也说不出来，眼泪滚滚而下……”此时，友人会对荀巨伯说些什么？

不学礼，无以立

我国是历史悠久的文明古国，几千年来创造了灿烂的文化，形成了高尚的道德准则、完整的礼仪规范，被世人称为“文明古国，礼仪之邦”。春秋时期的曾子、子路皆因尊师有礼著称于世；被后人列为教子典范的孟母教导儿子“万事礼为先”的做人道理；一代枭雄刘备为求贤士辅佐，三次来到诸葛亮的茅草屋，以礼相待……

一个个脍炙人口的故事，不仅让我们感受到古人以礼待人的风貌，更让我们从不同的角度了解了中华民族博大精深的礼仪文化。

曾子避席

你对前面读到的曾子教育孩子讲诚信的故事一定还记忆犹新吧。曾子不仅以诚信著称，他还是一个尊师懂礼的楷模。《曾子避席》出自《孝经》，是一个非常著名的故事。

曾子是孔子的弟子。有一次，他在孔子身边侍坐，孔子问他："以前的圣贤之王有至高无上的德行，精通奥妙的理论，用来教导天下之人，人们就能和睦相处，君王和臣下之间也没有不满，你知道它们是什么吗？"

曾子听了，明白老师要指点他最深刻的道理，于是立刻从坐着的席子上站起来，走到席子外面，恭恭敬敬地回答道："我不够聪明，哪里能知道？还请老师把这些道理教给我。"

在这里，“避席”是一种非常礼貌的行为。当曾子听到老师要向他传授时，他站起身来，走到席子外向老师请教，是为了表示他对老师的尊重。曾子懂礼貌的故事被后人传诵，很多人都向他学习。

互动小课堂

师：这则简短的小故事给我们讲了谁的事情？

生：讲了孔子的弟子曾子的故事。

生：当曾子知道老师要给他指点道理时，便起身走到席子外面向老师请教。

师：你怎么看待曾子的这种做法呢？

生：曾子对老师非常尊重，是个懂礼貌、明礼仪的人。

轻松小练习

1.《曾子避席》的故事出自（　　）。

A.《弟子规》　　B.《史记》　　C.《孝经》

2.“避席”是指＿＿＿＿＿＿＿＿＿＿＿＿＿＿，表示对老师的＿＿＿＿＿＿＿。

子路尊师

子路是孔子非常得意的弟子，他不但学问深，还以尊敬师长著称。读读《子路尊师》的故事，看看你能从他为老师行礼的事情中受到什么启发。

有一次，孔子经过庭院，打算出门。子路正在院里读书，看见老师过来，马上放下书，恭恭敬敬地弯腰施礼。然而，孔子只顾欣赏院子里新开的梅花，根本没有看到子路在给他行礼。

子路见老师没有说话，就一直恭恭敬敬地站在那儿，保持着行礼的姿势。等孔子欣赏完梅花，转过身来，看到子路正在给自己行礼，连忙说："免礼。"子路这才直起身来。因为弯腰的时间太长，身子都酸麻了，子路忍不住伸手揉了揉腰。

孔子问："子路，你的腰怎么了？"

子路如实回答说："弯腰久了，就有些酸麻。"

孔子奇怪地问："你为什么弯腰呢？"

子路说："我看到夫子过来，就给您行礼，可是您没有看到，我就在旁边一直弯着腰。"

孔子听了，称赞道："你真是个懂礼貌的好学生啊！"

阅读小链接

古代人们相互见面时，有许多不相同的礼节。

揖：拱手行礼。这是古代宾主相见的最常见的礼节。

长揖：这是古代不分尊卑的相见礼，拱手高举，自上而下。

拱：古代的一种相见礼，两手在胸前相合，表示敬意。

拜：古代表示恭敬的一种礼节。两手在胸前合抱，头向前俯，额触双手，如同揖。后来也将屈膝顿首、两手着地或叩头及地称为"拜"。

互动小课堂

师：小短文讲的是谁尊敬师长的故事？

生：是孔子的学生子路见到老师行礼的故事。

师：见到老师行礼是一个学生基本的礼仪，很多同学也能做到呢。可是子路行礼有什么不一样？

生：子路给孔子行礼，孔子因为赏花没有看到，子路就一直弯着腰，腰都酸痛了，可还是一直等到老师看到，说"免礼"后，才

肯直起腰来。

师：是啊，子路是从内心里尊敬师长，懂得礼仪。难怪孔子称赞子路是个“懂礼貌的好学生”呢。子路是我们学习的好榜样！

轻松小练习

1. 这则小短文说的是__________尊敬师长的故事。

A. 孔子　　B. 子路　　C. 孟子　　D. 夫子

2. 和你的小伙伴合作演一演这个小故事，注意孔子和子路的对话，感受子路对老师的尊敬吧。

孟母教子以礼

孟子是中国古代著名的思想家、教育家。他有一位很有贤德、善于教子的母亲。他的母亲被后人列为母亲的典范。这位母亲是怎样教育孟子遵守礼仪的呢?

孟子年幼的时候，住在墓地附近。他经常到那里去玩耍，和小朋友们一起，做一些模仿成人送葬一类的游戏。孟母发现后，说:“这地方不利于孩子成长啊!”于是就迁居到一个闹市的附近。可是孟子在玩耍时，又学起小贩沿街叫卖的事来。孟母说:“这也不是孩子应住的地方啊!”孟母把家又迁到学堂的附近。这时，孟子在玩耍时就学起祭祀、打躬作揖(yī)的礼仪来。孟母说:“这个地方可以让我儿子住了。”母子两人，就在这里定居下来。

在母亲的督促下，孟子成为当地有声望的学者，也有了妻室。有一天，天气十分炎热，孟子的妻子从田间劳作回家，进了房间就脱衣纳凉，正巧孟子突然推门进来。看到妻子光着身子在房间里凉快，孟子异常生气，认为妻子行为放荡，不守礼节，当即就有了休妻的念头。

他转身去找母亲，气哼哼地要休妻。孟母知道这件事以后，斥责孟子说："《礼记》上说：进门时，先要问谁在里面；上堂时，要高声说话，给个知会；进屋时，眼睛应该往下看。这样可以使人在没有防备时，不至于措手不及。你进门之前应该先敲门问屋里是否有人，才能进去。你没有敲门就推门而入，是你先失礼节，并不是你妻子的过错啊！"听了母亲的话，孟子深感自己过于鲁莽，自此对妻子芥蒂尽除，与妻子和好如初。

孟母用家庭小事教育孟子"万事礼为先"的做人道理，确实令人敬仰。

阅读小链接

孟母断机教子

有一天，孟子从老师子思那里逃学回家。孟母正在织布，看见孟子逃学，非常生气，拿起一把剪刀，就把织布机上的布匹割断了。孟子看了很惶恐，跪在地上请教原因。孟母责备他说："你读书就像我织布一样。织布要一线一线地连成一寸，再连成一尺，再连成一丈，织完后才是有用的东西。学问也必须靠日积月累，不分昼夜勤求而来。你如果偷懒，不好好读书，半途而废，就像这段被割断的布匹一样变成了没有用的东西。"孟子听了母亲的教诲，深感惭愧。从此以后，他专心读书，发愤用功，身体力行，实践圣人的教诲，终于成为一代大儒，被后人称为"亚圣"。

互动小课堂

师： 这个故事讲了孟母教育孟子讲究礼仪的两件事情，你能说说是哪两件吗？

生： 先讲了孟母为了利于孟子成长，三次搬迁，最后迁居到学堂附近的事。她看到孟子在玩耍时学起祭祀、打躬作揖的礼仪来，才放心地定居下来。

师： 对，这就是历史上“孟母三迁”的故事。

生： 还写了孟子看到妻子光着身子在房间里凉快很生气，孟母教育孟子自己要先讲礼貌，以礼规范自己言行的事。

师： 面对孟子妻子光着身子在房间里凉快这件事，孟母从自己的儿子身上找问题，严格要求孩子讲究礼仪，真是个了不起的母亲啊！

轻松小练习

1. 孟母为了给儿子选一个好的成长环境，先后迁居________次。

2. 画一画第二自然段中孟母教育儿子时说的话。想一想，孟母教育儿子怎样做？

孔融让梨

如果说谦恭有礼是大人们的事情，那可就大错特错了。小小的孔融只有4岁，就已经懂得尊老爱幼了。读读孔融让梨的故事，向孔融学习吧。

孔融4岁的时候，有一天，正好是他祖父六十大寿，来客很多。有一盘梨，放在寿台上面，母亲叫孔融把它分了。

于是孔融就按长幼次序来分，每个人都分到了自己的一份。孔融给自己留下了一个最小的。

父亲奇怪地问他：“别人都分到大的梨子，你自己却拿到一个最小的，为什么呢？”

孔融从容答道：“树有高的和低的，人有老的和小的。尊敬老人和长辈，是做人的道理。”

父亲听后十分惊喜，又问：“弟弟比你小，

你为什么把大的给了他呢?"

孔融说:"因为弟弟比我小,所以我应该让着他。"

孔融让梨的故事,很快传遍了朝野。小孔融也成了许多父母教育子女的好例子。

名师小讲坛

母亲叫孔融分梨,孔融挑了个最小的梨子,其余按照长幼顺序分给大家。孔融说:"我年纪小,应该吃小的梨,大梨该给哥哥们。"小小的孔融已经能尊敬老人和长辈,真是了不起啊!更了不起的是,孔融还懂得把大梨让给弟弟。小小年纪的孔融竟能做到尊老爱幼,懂礼仪,讲礼貌,值得我们学习!

轻松小练习

1. 下面的哪种说法正确?(　　)

   A. 孔融把大梨分给了哥哥,把最小的梨分给了弟弟。

   B. 孔融把大梨分给了弟弟,把小梨分给了哥哥。

   C. 孔融把大梨分给了哥哥和弟弟,把最小的梨留给了自己。

2. 孔融从容答道:"树有____________,人有____________。________老人和长辈,是____________!"

三顾茅庐

刘备是三国时期蜀国的皇帝。他的成功得益于诸葛亮对他的辅佐。你知道刘备是如何请诸葛亮出山的吗？读读这则故事，你会对礼遇下士有更深刻的了解。

刘备两次前往隆中拜访诸葛亮，诚心诚意地邀请他出山，辅佐自己实现统一中国的大业，但都没有见着人。

刘备决定第三次到隆中去，可是他的结拜兄弟关羽和张飞都不同意。张飞嚷道：“这次用不着大哥亲自去。如果他不来，我就用一根麻绳就把他捆来！”刘备生气地说：“你一点儿也不懂得尊重人才，这次你就不要去了！”张飞答应不再无礼，兄弟三人才一起上路。

他们来到隆中，只见那里的山岗蜿蜒起伏，好像一条等待时机腾飞的卧龙。岗前几片松林疏疏朗朗，潺潺的溪流清澈见底，茂密的竹林青翠欲滴，景色秀丽宜人。离诸葛亮的住处还有半里多路，刘备就下马步行。到了诸葛亮的家，刘备上前轻轻敲门。出来开门的童子告诉刘备，诸葛先生正在草堂午睡。刘备让童子不要惊醒先

生，吩咐关羽、张飞在门口休息，自己轻轻地走进去，恭恭敬敬地站在草堂的台阶下等候。等了半晌工夫，诸葛亮翻了一个身，又朝里睡着了。又等了一个时辰，诸葛亮才悠然醒来。刘备快步走进草堂，同诸葛亮见面。

诸葛亮分析了群雄纷争的形势，提出了三分天下、最后取胜的策略。刘备听了茅塞顿开，像拨开云雾见到了青天。

诸葛亮出山后，刘备把他当作自己的老师，两人同桌吃饭，同榻睡觉，一起讨论天下大事。刘备高兴地对关羽、张飞说："我得到诸葛先生，就像鱼儿得到水一样啊！"

小贴士

◆刘备：三国时期蜀汉开国皇帝。

◆隆中：是三国时期著名政治家、军事家诸葛亮隐居的地方。

名师小讲坛

为了统一国家大业，刘备想请在隆中隐居的诸葛亮出山辅佐他。刘备三次来到诸葛亮的茅草房。虽然第一次和第二次都没有请到，但是刘备没有放弃。他不怕路途遥远，不顾天气恶劣，继续去拜访。这正是屈尊求贤、礼遇下士的体现。第三次来到诸葛亮门前，正赶上诸葛亮休息，刘备就恭恭敬敬在草堂台阶下等候。这样的诚心与礼遇，真让人敬佩！

轻松小练习

1. 刘备__________到隆中拜访诸葛亮。

   A. 一次　　B. 两次　　C. 三次

2. 你能用三个四字词语给刘备“画像”吗？

____________、____________、____________

程门立雪

北宋时期的杨时和游酢是尊师重教的典范。大雪之中，杨时和游酢如何等候闭目休息的老师醒来？读了下面的故事，你会深有感触。

北宋时期，有个叫杨时的人，他特别喜欢钻研学问，到处寻师访友。为了继续丰富自己的学问，他毅然地放弃了高官厚禄，独自一人跑到河南颍（yǐng）昌拜程颢（hào）为师，虚心求教。后来程颢去世了，杨时虽然四十多岁了，但是仍然立志求学，刻苦钻研，又跑到洛阳去拜程颢的弟弟程颐为师。

有一天，杨时和他的朋友游酢（cù）一块儿去拜见程颐，请教学问，当时正遇上了程老先生闭目养神。这时候，外面开始下起大雪。他们俩人为了不打扰先生休息，便恭恭敬敬地侍立在门外等候，不言不动，如此等了大半天。程颐慢慢地睁开眼睛，见杨时和游酢仍然站在门外等候，大吃一惊。这时候，门外的雪已经积了一尺多厚，而杨时和游酢并没有一丝疲倦和不耐烦的神情。这种精神让程颐很受感动，他更加尽心尽力地教这两位

虔诚的弟子。杨时不孚众望，终于学到了老师的全部学问，成为一代理学大师。

之后，杨时回到南方传播程氏理学，并且形成独家学派，世称“龟山先生”。

后人用“程门立雪”这个成语，来赞扬那些尊师重道、诚心专志的学子。

小贴士

◆杨时：我国北宋著名的理学家。少年时，聪颖好学，善诗文。

◆游酢：我国北宋著名理学家。少年时聪慧过人。

◆程颐：与哥哥程颢都是理学大师，世称“二程”。

互动小课堂

师：《程门立雪》这则小故事讲的是谁拜师求学的故事？

生：讲了杨时和游酢拜程颐为师的故事。

师：他们前往请教学问时发生了什么事情？

生：他们正遇上了程颐老先生闭目养神。外面开始下起大雪。

他们俩人为了不打扰先生休息，就恭恭敬敬地侍立在门外等候，不言不动，等了大半天。

师：从这件事情中，你觉得杨时和游酢是什么样的学生？

生：他们一心求学，尊师重道。

轻松小练习

1. 杨时和游酢拜见程颐时，正遇上程老先生闭目养神，他们为了____________，便恭恭敬敬地在门外等候。

2. 现在人们用“程门立雪”这个成语来赞扬（　　）的学子。

A. 尊师重道、诚心专志

B. 聪慧机智、才思敏捷

C. 见多识广、知识渊博

吾将上下而求索

中华民族一向以勤劳智慧、执着求索的精神著称于世。“路漫漫其修远兮，吾将上下而求索”正是这种精神的体现。几千年来，中华优秀儿女在漫长的历史进程中继往开来，用执着求索的精神和斗志探索真理，研究规律。司马迁忍辱写《史记》；张衡经过多少个风雨晨昏、日夜不眠发明了地动仪；祖冲之进行了无数次的计算、演示，比欧洲国家早一千多年研究出了圆周率更为精确的数值；毕昇经过近十年时间试验研究，发明活字印刷术……

让我们循着这些名人的足迹，感受他们坚持不懈、百折不挠、毕生求索的精神吧！

司马迁发愤写《史记》

《史记》是著名的历史著作。它的作者是西汉时期的历史学家司马迁。你知道司马迁是怎么写成《史记》的吗？读读下面的故事，了解司马迁在逆境中执着创作《史记》的故事吧。

司马迁出生在黄河岸边的龙门。他从小看着波涛滚滚的黄河从龙门下呼啸而去，听着父老乡亲们讲述古代英雄的故事，心里十分激动。父亲司马谈是汉朝专门掌管修史的官员，他立志要编写一部史书，记载从黄帝到汉武帝三千余年间的历史。受父亲的影响，司马迁努力读书，大大充实了自己的历史知识。他还四处游历，广交朋友，积累了大量的历史资料。

司马谈临终之时，泪流满面地拉着儿子的手说："我死之后，朝廷会让你继任我的官职的。你千万不要忘记我生平想要完成的史书啊！"司马迁牢记父亲的嘱托，每天忙着研读历史文献，整理父亲留下来的史料和自己早年走遍全国搜集来的资料。

正当他专心致志写作《史记》的时候，一场飞来横祸突然降临到他的头上。原来，司马迁因为替李陵败降之事辩解，得罪了汉武帝，入狱受了宫刑。司马迁悲愤交加，几次想血溅墙头，了此残生，但想到《史记》还没有完成，便打消了这个念头。他想："人总是要死的，有的重于泰山，有的轻于鸿毛。我如果就这样死了，不是比鸿毛还轻吗？我一定要活下去！我一定要写完这部史书！"

出狱后，他尽力克制自己，把个人的耻辱、痛苦全都埋在心底，重新摊开光洁平滑的竹简，在上面写下了一行行工整的隶字。

就这样，司马迁发愤写作，用了整整 13 年时间，终于完成了一部 52 万字的辉煌巨著——《史记》。这部前无古人的著作，几乎耗尽了他毕生的心血，是他用生命写成的。

小贴士

◆司马迁：字子长，中国古代著名的史学家和文学家。

◆宫刑：汉代孔安国曰："宫，淫刑也，男子割势，女人幽闭，次死之刑。"

《史记》是我国第一部纪传体通史，也是我国第一部规模宏大的传记文学名著。记载了从传说中的黄帝到汉武帝后期长达3000年左右的历史。全书共130篇，52万6500字。《本纪》12篇，记述历代最高统治者帝王的政绩；《表》10篇，把错综复杂的史实用简明表格谱列出来；《书》8篇，分别叙述天文、历法、水利、经济、文化、艺术等方面的发展和现状；《世家》30篇，主要记载贵族王侯的史事；《列传》70篇，是官吏、名人以及部分下层社会人物的传记，少数列传还记载了一些国内少数民族和外国的历史。

鲁迅先生说："《史记》是史家之绝唱，无韵之《离骚》。"它不仅具有丰富的思想内容，在艺术上也有极深的造诣，对后世作家与文学的影响是极其巨大而深远的。

互动小课堂

师：这篇文章写的是什么故事？

生：讲了司马迁即使在受到了宫刑的情况下也坚持写完《史记》的事情。

师：司马迁为什么受了宫刑，还能坚持把《史记》写下去？

生：因为这是父亲生前的愿望，他牢记父亲的嘱托。

生：司马迁想："人总是要死的，有的重于泰山，有的轻于鸿毛。我如果就这样死了，不是比鸿毛还轻吗？"所以他坚持活下来写《史记》。

师：什么是死得"重于泰山"，什么是死得"轻于鸿毛"呢？

生： 死得“重于泰山”就是死得有意义、有价值。

生： 死得“轻于鸿毛”就是死得毫无意义。

师： 司马迁想到这些，即使在受到宫刑的情况下，也下定决心，坚持写完《史记》。你觉得司马迁是个什么样的人？

生： 他不怕苦难，坚持不懈，执着求索。

轻松小练习

1. 司马迁用了__________年，完成了一部____________字的辉煌巨著《____________》。

2. 根据故事的内容给下面的句子排排序。

（　　）司马迁耗尽 13 年精力，完成了《史记》。

（　　）司马迁遭遇飞来横祸，受了宫刑，依然下定决心，坚持写《史记》。

（　　）司马迁从小生活在黄河岸边的龙门，看着滚滚的黄河水呼啸而去，听着父亲讲述古代英雄的故事。

（　　）父亲临终前让司马迁完成史书。

张衡发明地动仪

还记得那个“数星星的孩子”吗？对，他就是东汉时期杰出的科学家张衡。长大后的张衡执着于天文知识的研究与探索。读读下面的文章，了解张衡的故事，你会从中受到启发。

张衡是东汉杰出的科学家。他从小就爱想问题，对周围的事物总要寻根究底，弄个水落石出。

后来，张衡长大了，皇帝得知他文才出众，把他召到京城洛阳担任太史令，主要是掌管天文历法的事情。

为了探明自然界的奥秘，年轻的张衡常常一个人关在书房里读书、研究，还常常站在天文台上观察日月星辰。他想，如果能制造出一种仪器，能够上观天，下察地，预报自然界将要发生的情况，这对人们预防灾害，揭穿那些荒诞的迷信鬼话，该是多么好啊！于是，张衡把从书本中查到的资料和观察到的材料收集起来，进行分析研究，开始了试制“观天察地”仪器的工作。他把研究的心得先写成一本书，叫作《灵宪》。在这本书里，他提出了“浑天说”：天是球形的，像个鸡蛋，天就像鸡蛋壳，包在地的外面，地就像蛋黄。

接着，张衡根据这种“浑天说”的理论，开始设计、制造仪器了。不知经过多少个风雨晨昏，熬过多少个不眠之夜，一个当时世界上最先进的天文仪器——浑天仪诞生了。这个大铜球很像今天的地球仪，它装在一个倾斜的轴上，利用水力转动，它转动一周的速度恰好和地球自转一周的速度相等。而且在这个人造的天体上，可以准确地看到太空中的星象。张衡说：“天上的星星，能观察到的共有 2500 颗，我们经常能看到的却只有 120 颗。”

后来，张衡经过努力钻研，又发明了世界上第一架能预报地震的仪器——地动仪。那时候，经常发生地震。每发生一次地震，都会影响到很多地区。不仅城墙、房屋大量倒塌（tā），还会死伤许多人畜。当时，人们把地震看作不吉利的征兆，认为是得罪了上天的结果。张衡却不这么看。他认真记录、研究地震现象，经过细心考察和分析，发明了一种测定地震方位的仪器——地动仪。地动仪用铜铸（zhù）成，形状像大酒坛。顶上有凸（tū）起的盖。四围铸有八条龙，龙头对准八个方向，每条龙的嘴里含着一颗小铜球。龙头下面，蹲着八只铜铸的蛤（há）蟆（ma），仰着头，张着嘴，对准上面的龙嘴。要是哪个地区发生了地震，朝着那个方向的龙就会

张开嘴巴，吐出铜球。铜球当啷（lāng）一声，正好落在蛤蟆的嘴里。人们听见了，就知道那个方向发生了地震。

公元 138 年 2 月的一天，地动仪正对西方的那个龙嘴突然张开，吐出了铜球。按照张衡的设计，这就说明京城西部发生了地震。可是那一天，京城洛阳的人们没有一点儿感觉，也没有听说附近有哪儿发生了地震。大伙儿议论纷纷，都说张衡的地动仪是骗人的玩意儿，甚至有人说他造谣生事。过了两天，有人骑着快马来向朝廷报告，说离洛阳一千多里的金城、陇（lǒng）西一带发生了大地震，还发生了山崩（bēng）。大伙儿这才信服了。

张衡在科学上的创造发明是伟大的，这是由于他从小就爱科学，勤奋地学习钻研和不懈地观察实验，而且能把书本知识和实践经验结合起来，通过自己刻苦研究、创造才获得的。

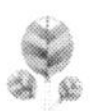

张衡，中国东汉时期伟大的天文学家，为中国天文学、机械技术、地震学的发展做出了不可磨灭的贡献。在数学、地理、绘画和文学等方面，张衡也表现出了非凡的才能和广博的学识。张衡是东汉中期浑天说的代表人物之一。他指出月球本身并不发光，月光其实是日光的反射。他还正确地解释了月食的成因。

互动小课堂

师：短文讲了谁的故事？

生：讲的是科学家张衡的故事。

师：讲了关于张衡的哪几件事？

生：张衡刻苦研究，写出了《灵宪》一书，提出了“浑天说”。

生：还讲了张衡发明了世界上第一架能预报地震的仪器——地动仪。

师：在进行研究发明的过程中，张衡有没有遇到困难呢？

生：张衡要经过无数个风雨晨昏，熬过许多个不眠之夜，刻苦研究，才有所发明，有所创造的。

生：张衡发明地动仪后，有一次测量显示京城西部有地震，可是当天京城没有什么反应。大家都说他是骗人的。

师：然而，事实证明，张衡发明的地动仪预测是准确的。张衡热爱天文学研究，并且通过自己的不懈努力取得了许多成就。你觉得张衡是一位什么样的科学家？

生：他热爱科学，并且执着追求、积极探索。他持之以恒，勤奋研究，最终取得很高的成就。

轻松小练习

1. 张衡在《灵宪》中告诉人们：天是球形的，像个鸡蛋，天就像鸡蛋壳，包在地的外面，地就像蛋黄。这被称为（　　）。

   A. “包天说”　　B. “浑天说”　　C. “包地说”

2. 张衡经过努力钻研，又发明了世界上第一架能预报地震的仪器，叫作（　　）。

   A. 浑天仪　　B. 地动仪　　C. 地震仪

3. 你觉得张衡是一位什么样的科学家？你认为下面哪种说法是不恰当的。（　　）

   A. 热爱科学　　B. 执着探索

   C. 刻苦钻研　　D. 固执己见

博学多才祖冲之

你知道圆形的直径和周长有什么关系吗？它们的比例究竟是多少呢？我国南朝著名的科学家祖冲之最先将圆周率值计算到小数点后第七位。这一发现，比欧洲早了一千多年呢！读读下面的故事，去了解世界数学史上这一伟大的发现吧。

祖冲之是我国南朝著名的科学家。他从小聪慧好学，喜欢研究天文、数学知识。祖父经常给祖冲之讲一些科学家的故事，其中张衡发明地动仪的故事深深地打动了祖冲之幼小的心灵。

有一次，祖冲之在书上看到圆的周长是它直径的三倍多。出于好奇，他就拿了一段绳子，跑到村头的路旁，等待过往的车辆。一会儿，来了一辆马车，祖冲之叫住马车，对驾车的老人说："让我用绳子量量您的车轮，行吗?"老人点点头。祖冲之用绳子把车轮量了一下，又把绳子折成同样大小的三段，再去量车轮的直径。量来量去，发现车轮的周长果然比它的直径的三倍还多一点。祖冲之站在路旁，一连量了好几辆马车车轮的直径和周长，得出的结论是一样的。他又去量盆子，结果还是一样。

圆的周长到底比它的直径长多少呢？这个问题一直在他的脑海里萦绕。他决心要解开这个谜。经过多年的努力学习，祖冲之研究了刘徽的“割圆术”。祖冲之决心按刘徽开创的路子继续走下去，一步一步地计算出圆周率。为了推算出准确结果，祖冲之在书房的地面上画了一个直径为一丈的大圆，然后用割圆术在圆内进行切割计算。那时还没有算盘，祖冲之就用竹片做的筹码进行计算。每算完一次，就得重新摆放一次。这项工作非常繁琐，稍有差错，就得从头开始。祖冲之反复钻研，从圆内正六边形，一直到圆内正24576边形，他终于推算出圆周率的数值在3.1415926和3.1415927之间，在世界数学史上第一次将圆周率值计算到小数点后第七位。这一发现，比欧洲早了一千多年。

其实，除了推算圆周率，祖冲之还懂历法、

精通音律、擅长下棋，真是一位博学多才的科学家。

小贴士

◆祖冲之：我国古代著名的数学家、天文学家。他将自己的数学研究成果汇集成一部著作，名为《缀术》。他还是一位杰出的机械专家，重新造出早已失传的指南车、千里船、水碓磨等巧妙机械。经过多年测算，他还编制了一部新的历法《大明历》，这是当时世界上最先进的历法。

◆刘徽：公元3世纪世界上最杰出的数学家。

互动小课堂

师：这篇短文讲的是谁的故事？

生：讲了我国著名的数学家、天文学家祖冲之的故事。

师：对，这篇短文主要讲了祖冲之在数学方面的成就。随着年级的升高，你们将学习一个新的数学名词，叫作“圆周率”。有了“圆周率”，当知道一个圆形的直径时，就能计算出它的周长；反之，知道了圆的周长，就能计算出它的直径。“圆周率”越精确，计算出的结果也越精确。这个“圆周率”就是由祖冲之最早计算到小数点后的第七位。可是你知道祖冲之的这一发现耗费了他多少精力吗？读读故事的第三自然段，哪里让你很受触动呢？

生：祖冲之为了更精确地计算圆周率，先去研究了数学家刘徽的“割圆术”。

生：为了推算出准确结果，祖冲之在书房的地面上画了一个大大的圆，直径足有一丈呢！

生：那时没有算盘，祖冲之就用竹片做的筹码进行计算。每算完一次，就得重新摆放一次。这项工作非常繁琐，万一有一点差错，就得从头开始。祖冲之必须万分仔细，小心地算好每一步。他肯定出过差错，而每次都不放弃，重新再来。

生：就这样反复计算，反复研究，他一直从圆内正六边形算到到圆内正 24576 边形，太不容易了。

师：是啊，这个过程多么艰辛啊！也许天还没有亮，祖冲之突然有了灵感，他就会立刻起床进行演算；也许日头高照了，别人都吃午饭了，可祖冲之正计算到关键之处而忘了吃饭；深夜了，祖冲之还在地上的大圆里演示着、计算着。这么艰辛的过程，祖冲之放弃了吗？

生：他不怕任何困难，下定了决心，一心要走下去。他执着追求科学的精神值得我们学习。

轻松小练习

1. ____________是我国南朝著名的科学家，他在数学研究，特别是在计算____________方面取得了突出的成就。他是世界上第一个把圆周率的数值计算到小数点以后第____________位的人。

2. 读了这个故事，你觉得祖冲之是个什么样的科学家？请你用上几个词语为祖冲之“画像”吧。

____________、____________、____________

毕昇发明活字印刷术

你知道古人是怎样印刷文字的吗？活字印刷术是一种古代印刷方法，是中国古代四大发明之一。它是由谁发明的，怎样发明的呢？阅读下面的故事，了解毕昇发明活字印刷术的故事吧。

毕昇从十几岁就开始在杭州一家书坊当学徒。经过几年的努力，他已成为一名具有娴熟雕版印刷技术的印刷工人。雕版印刷费时费工，远远不能满足社会的需要。怎样克服雕版印刷的弊端，是当时人们极为关心的一个问题，也是毕昇整天苦苦琢磨的事情。

有一天，毕昇在书坊里工作了整整一天，眼看一整块书版就要刻成了，可一不留心，刻坏了一个字。他叹了一口气："今天一天的工夫算是白费了。"可是他实在舍不得扔掉这块书版再重新刻。他坐在书版面前考虑补救的方法。他先将刻坏的字用刀削去，在这块地方挖一个小方孔，再做成一与小方孔大小吻合的小木片，用胶粘在小方孔里，在上面刻好需要的字。

由于他技术好，补得天衣无缝。这件事对毕昇启发很大。他由此联想到那一个个活动的印章，再看看面前的雕版。他想，如果把书版上那些不能活动的字分割开来，让它们变成一个个可以活动的单个的字，就像一个个小印章一样，每个小印章上刻一个字，印一本书，需要用什么字，就选什么字。印刷书籍时，再把这些单个字排成像雕版印刷的书版一样的一整块版。一本书印完后，活动的单个字可以抓下来，印下一本书时还能再用。这样一来，岂不是既节省了材料，减少了刻字工匠们的劳动，又缩短了印书时间吗？

想到这里，毕昇心中豁然开朗。他开始着手制造单个的字。他先用木材作为制造活字的材料。由于木块的纹理疏密不匀，伸缩性很大，失败了。他又实验了好几种材料，也不行。后来，他受到烧制陶瓷的启发，选定了一种黏性很大、非常细软的胶泥，并用这种胶泥做成了一些泥活字。经过八九年的不懈努力，毕昇终于发明了活字印刷术。

毕昇发明的活字印刷术，是印刷史上的一次伟

大革命，它为中国文化的发展开辟了广阔的道路，为推动世界文明的发展做出了重大贡献。

名师小讲坛

自从汉朝发明纸以后，书写材料比起过去用的甲骨、金石等要轻便、经济多了，但是抄写书籍还是非常费工的，远远不能适应社会的需要。随着社会生产力的发展，人们从刻印章中得到启发，发明了雕版印刷术。毕昇也成了一位技术优良的雕版印刷工人。然而，一心琢磨着改变雕版印刷术弊端现状的毕昇，在一个偶然失误的事情中找到了头绪。他经过反复思考和试验，又经过八九年时间的不懈努力，终于发明了活字印刷术。这看起来是个偶然，实际上是毕昇善于观察、善于思考、善于发现的结果。受到一点启发后，毕昇并没有因为初次试验的失败而放弃研究，而是执着探索，用了近十年的时间终于发明了活字印刷术。毕昇的探索精神值得我们学习！

轻松小练习

1. 用“____”画出毕昇修补好刻坏的字后，又想了些什么。

2. 毕昇发明的______________，是印刷史上的______________，它为______________的发展开辟了广阔的道路，为推动________________的发展做出了重大贡献。

郑和远航

在中国五千年的历史长河中，曾有过许许多多可歌可泣的故事，郑和七次下西洋，就是其中的一个。像这样大规模的航海，是历史上所罕见的，它足以令中国人骄傲。阅读下面的故事，你一定为郑和顽强探索的精神所折服。

1405 年 7 月 11 日，天气晴朗，万里无云。苏州府刘家港码头人山人海，无数彩旗迎风招展。受明朝皇帝派遣，35 岁的三保太监郑和即将率领船队第一次出使西洋。随行的有水手、翻译、医生和护船的兵士，共 2 万 7800 多人。

两百多艘船只整齐地停靠在码头边。其中 62 艘大船特别雄伟壮观，这些大船又叫“宝船”。每艘宝船长 148 米，宽 60 米，有十多层楼房那么高。船上有 9 根桅杆和 12 面风帆，可以乘坐一千多人，需由二三百人驾驶。船上配备着航海罗盘等当时最先进的仪器。紧挨着宝船的还有许多战船、粮船和水船。

将近中午，身材魁梧的郑和健步走上指挥船，他双手抱拳向岸上的人群告别，接着高举令旗，大声喊道："启航！"在人们的欢呼声和祝福声中，船队像一条巨龙，浩浩荡荡地出发了。

船队出了长江口，驶过东海和南海，破浪西行。每到一个国家，郑和先把国书递交给国王，并代表明朝皇帝向他们赠送礼品，希望同他们友好交往。各国君臣看见船队规模宏大，使者的态度友好亲切，没有丝毫炫耀武力、威胁别人的意思，都表示热烈欢迎。很多人还向中国客人赠送礼物，以表达友好的感情。

然而，这次航行也充满了凶险。在大海上，船队好几次遇上险恶的风浪。狂风呼啸着，海水像脱缰的野马，奔腾咆哮。巨浪疯狂地扑向船队，仿佛要把船只撕裂。面对如此险境，郑和总是镇定自若，指挥船队在波峰浪谷中奋勇向前，一次次化险为夷。船队在归国途中还遇到过海盗的袭击。郑和根据事先得到的消息，命令士兵们严阵以待。当海盗船乘着黑夜偷偷摸摸靠近船队时，郑和的船队迅速将海盗包围起来。士兵们从大船上往下丢火把，将海盗船烧着了。海盗们无处可逃，只好乖乖地当了俘虏。

从 1405 年到 1433 年的 28 年间，郑和率领船队出洋 7 次，前后到过 30 多个国家。最后一次远航，郑和已经是 60 多岁的老人，鬓发全白了。这次航行，一直到达非洲东岸，直到第三年才回到祖国。

郑和远航，规模之大，时间之长，范围之广，达到了当时世界航海事业的顶峰。它表现了我国古代人民顽强的探索精神，也开阔了中国人的眼界。郑和七下西洋，促进了我国和亚非许多国家的经济文化交流和友好往来。直到现在，有关国家还流传着三保太监下西洋的故事。

名师小讲坛

郑和受命下西洋远航，一路上遇到了许多危险和困难。狂风、巨浪没有挡住他们的去路，可恶的海盗没有挡住他们的去路，60 岁的年龄更没有挡住郑和的去路。郑和在先后 28 年的时间里，7 次带领船队远航，到过 30 多个国家。这样的远航历史上绝无仅有。我们不禁感叹，我国古代的人民有着多么顽强的探索精神。我们也不得不佩服，我国古代人民有着多么出色的航海技术啊！

轻松小练习

1. 我国明朝时期，航海家____________率领船队出海远航，这对于当时的世界各国来说，从规模到实力，都是无可比拟的。

2. 28 年间，郑和率领船队出西洋_________次，前后到过________个国家。最后一次远航，郑和已经是________岁的老人，鬓发全白了。这次航行，一直到达非洲东岸，直到第________年才回到祖国。

李时珍采药

李时珍是我国伟大的医药学家。他从小跟随父亲上山采药，医药知识非常丰富。他不怕艰辛，专心研究，终于完成了《本草纲目》这部著作。

明世宗即位四十几年，尽情享乐，他担心自己一天天衰老下去，有朝一日会死掉，快活的日子就过不下去。于是，他就千方百计寻找一种长生不老的药方。于是朝廷下令各地官吏推荐名医。此时，正在王府里当医生的李时珍被推荐给太医院。

李时珍是蕲州（今湖北蕲春）人。他的祖父、父亲都当过医生。父亲李言闻对药草很有研究。李时珍从小受父亲的影响，常常跟小伙伴一起上山采集各种药草。日子一长，他能认得各种草木的名称，还能知道什么草能治什么病。他的医药知识逐渐丰富起来。

在封建社会，做一个普通医生是被上层社会看不起

的。李言闻自己是医生，所以深知医生的社会地位不高，于是便要李时珍读书参加科举考试。李时珍在父亲的督促下，14 岁那年考中秀才。但是以后参加举人考试，三次都没有考中。别人都替他可惜，李时珍却并不因此失望。他的志愿是做个替百姓治病的好医生。

打那时候起，李时珍就一心一意地跟着父亲学医。正好在这一年，他的家乡发生了一场大水灾，水退以后，又流行疫病，生病的都是没钱的穷百姓。李时珍家并不富裕，但是父子俩都很同情穷人。穷人找他们看病，他们都悉心医治，不计报酬。老百姓认为他们医术高明、治病热心，都很感激他们。

李时珍为了研究医术，读了许多古代的医书。我国古代很早就有了医书。汉朝人写过一本《神农本草经》。以后一千多年，不断出了许多新的医书。李时珍常常替当地的王公贵族看病，那些贵族家里藏书不少，李时珍就靠他行医看病的方便，向王公贵族家借书看。这样一来，他的知识就越来越丰富，医术也越来越高明了。

李时珍的名气越来越响。被他看好病的人，到处宣传李医生好。附近州县得病的人，也赶来请李时珍看病。

有一次，楚王的儿子得了一种抽风的病。楚王府虽然也有医官，但是谁都没法治好。这孩子是楚王的命根子，楚王很着急。有人告诉楚王，只有找李时珍，才能治好这种病。楚王赶快派人把李时珍请到王府。李时珍一看病人的脸色，再按了按脉，就知道孩子得的这种抽风病是由肠胃病引起的。他开了个调理肠胃的药方，叫人上药铺抓了药。楚王的儿子一吃药，病就全好了。

楚王十分高兴，再三挽留李时珍在楚王府待下来。没过多久，正碰上朝廷征求人才。楚王为了讨好明世宗，就把李时珍推荐到北京太医院去。

太医院本来是国家最高的医疗机构。可是在那时候，明世宗对真正的医学并不重视，却迷信一批骗人的方士，在宫里做道场，炼金丹，想凭这些办法使自己长生不老。李时珍是一个正直的医生，看不惯那种乌烟瘴气的环境。他在太医院待了一年，就辞职回家了。

李时珍辞去官职，在回家的路上，顺便游历了许多名山胜地。他上山不是为了欣赏景色，而是为了采草药，研究各种草木的药用性质。有一次，他到均州（今湖北均县）的武当山去，听说那里产一种榔梅，吃了能使人返老还童，人们把它称作“仙果”。宫廷的贵族都把它当作宝贝一样，要地方官吏年年进贡，并且禁止百姓采摘。李时珍并不相信真有什么仙果。为了弄清真相，他冒着危险，攀登悬崖峭壁，采到了一颗榔梅，带回家乡。李时珍经过详细研究，才知道那种果子只不过像一般梅子一样，有生津止渴的作用，根本不是什么“仙果”。

李时珍从长期的医疗工作和采集药物的过程中，得到了不少科学的资料。他发现古代医书上的记载，有不少错误；而且，经过那么多年，人们又陆续发现了许多古代书上没有记载过的药草。他决心编写一本新的完备的药书。辞职回家以后，他花了将近30年的时间，完成了著名的医药著作《本草纲目》。在这本书里，一共记录了1892种药，收集了1万多个药方，为祖国的医药科学做出了伟大的贡献。

《本草纲目》出版以后，一直流传到全世界，已经被翻译成日文、德文、英文、法文、俄文、拉丁文等许多种文字，在世界医药界中占有重要的地位。

至于那个迷信炼丹、一心想长生不老的明世宗，不但没有能长生不老，却因为误服了有毒的“金丹”，丢了性命。

阅读小链接

《本草纲目》共有52卷，载有药物1892种，其中载有新药374种，收集药方11096个，书中还绘制了1160幅精美的插图，约190万字，分为16部、60类。

互动小课堂

师：这篇文章中讲的是哪位名人的故事？

生：文章讲了医药科学家李时珍的故事。

师：文中讲了关于李时珍的哪几个事例？

生：家乡发生大水灾，许多百姓染了疾病，李时珍和父亲为他们悉心医治，不计报酬。

生：李时珍利用各种机会研究古代医书，医学知识越来越丰富。

生：李时珍亲自上山采榔梅，研究出榔梅根本不是什么“仙果”。

生：李时珍给楚王的儿子治好了抽风的病。

师：文中写到了许多关于李时珍的事例。其中给你留下印象最深的是哪个？

生：李时珍在研究古代医学典籍的前提下，结合实践经验，终于完成了著名的医药著作《本草纲目》。

师：这些故事中，你觉得李时珍是个什么样的人？

生：他执着于自己热爱的医药事业。

生：他执着求索，遇到困难不退缩。

生：他做事持之以恒，最终获得了成功，为中国乃至世界医学做出了巨大的贡献。

轻松小练习

1. 李时珍花了将近 30 年的时间，写成了著名的医药著作《________》。这本书里，一共记录了________种药，收集了______个药方，为祖国的医药科学做出了伟大的贡献。

2. 判一判，在正确的选项后打“√”。

（1）李时珍少年时代参加科举考试，因为屡次考不中，无奈学医。(　　)

（2）李时珍经过长期的研究，终于完成了著作《神农本草经》。(　　)

（3）为了弄清“仙果”的真相，李时珍冒着危险，攀登悬崖峭壁，采到了一颗榔梅，进行详细研究。(　　)

启事

本书选用的部分文字或图片，因无法与原作者取得联系，稿酬及样书无从寄出。在此我们表示歉意，并恳请当事人见到本书后与我们联系，以便奉寄稿酬和样书。

联系地址：济南市二环南路1号济南出版社

电　　话：0531－86131735